Darius H. Hamudi

Banksternovelle

Manderscheid war in Afghanistan, aber das ist schon eine Weile her. Jetzt steht er für die Sicherheit eines internationalen Geldhauses am Fuß eines Bankenturms in Frankfurt. Gefahr droht dem Institut jedoch nicht von außen. Der Trader Raimund ist gelangweilt vom täglichen Klein-Klein. Er träumt vom großen Wurf und geht dabei unfassbare Risiken ein …

Mit von der Partie sind auch die beiden Wachmänner Sinzig und Sedelmayr. Sie haben ihren eigenen Blick auf die Themen Gier, Gezocke und Gerechtigkeit, die in der Banksternovelle literarisch durchgespielt werden.

Darius Hamidzadeh Hamudi wurde 1975 in Wien geboren. Er studierte Deutsch, Politik und Italienisch in Freiburg und Perugia und unterrichtet am Kolleg in Köln.

2017 gründete er die »Zylinderkopf-Dichtung Menagerie der kleinen Literatur«, die als App und Podcast kostenlos zum Download zur Verfügung steht. Außerdem bloggt er auf www.DariusHH.de.

Darius H. Hamudi

Banksternovelle

Die Handlung und alle handelnden Personen sind frei erfunden.
Jegliche Ähnlichkeit mit lebenden oder realen Personen
wären rein zufällig.

Originalausgabe

tredition GmbH, Halenreie 40–44,
22359 Hamburg (Verlag und Druck)
© 2020 Dareusch Hamidzadeh Hamudi, Köln –
Alle Rechte vorbehalten,
dies gilt insbesondere für die elektronische
oder sonstige Vervielfältigung,
Übersetzung, Verbreitung und öffentliche Zugänglichmachung.
Das Foto auf Seite 120 ist gemeinfrei/public domain
(Wikimedia Commons).
Lektorat: textweise – Dr. Felicitas Igel
Korrektorat: Eva Elisabeth Wagner
Umschlagbild und -gestaltung:
Harald Tobies, TOBIES-ART, Brühl im Rheinland
Satz: Uhl + Massopust, Aalen
ISBN: 978-3-7497-6779-3 (Paperback)
ISBN: 978-3-7497-6781-6 (E-Book)

Inhalt

1. Alternativlos

Frankfurt, vor dem Turm. Manderscheid war nur noch eine Witzfigur: Zwei Mann waren ihm geblieben, zweihundert waren es gewesen, früher in Afghanistan. Aber vorbei war vorbei. Eigentlich war es keine Frage der Quantität. Auch ein winziger Verband aus Feldjägern konnte eine Schlacht entscheiden. Echte Kämpfer mussten her, Vollblutkrieger, die auf Gedeih und Verderb, ohne zu zögern, dem Feind die Kehle zudrückten. Es mangelte an Qualität, und das auf ganzer Linie. Die mentale Verfassung seiner Männer war eine Katastrophe, ebenso wie ihre physische Konstitution. Wahrscheinlich würden sie nicht mal einen Fünf-Kilometer-Marsch durchhalten, wohlgemerkt ohne Gepäck. Von einer Grundausbildung ganz zu schweigen. Jeder Ausbilder hätte seine Freude gehabt mit diesen Vögeln. Der eine, Sinzig: Statur wie ein Zahnstocher, war früher Nachtwächter, und so sah er auch aus. Spielte ziemlich gut Schach, das war's dann schon. Lebte noch bei Mutti, war bleich wie eine Made und konnte sich mutmaßlich nicht einmal selbst die Schuhe zubinden. Besonderes Kennzeichen: steckte in der Öffentlichkeit die Hände in die Taschen. Diese Unart konnte Manderscheid ihm einfach nicht austreiben. Der andere, Sedelmayr: klein und dick, dumm, faul und gefräßig. Anstatt sich auf seine Flanke des Objekts zu konzentrieren, aß er alles, was ihm in die Finger kam, vor allem Bratwürste, aber auch Rosinenschnecken von der Bäckerei gegenüber. Zum Glück waren Appelle absolut unüblich im Objektschutz. Wenn er seine beiden Männer zum Appell antreten ließe, dürfte niemand vorbeikommen, denn sie sähen aus wie Dick & Doof. Manderscheid war raus aus dem Heer, endgültig. Niemals mehr würde er irgendwelche Männer zum Appell antreten lassen. Das war vorbei, ein für alle Mal. Im zivilen Leben tickten die Uhren anders. Er war nicht mehr im Krieg, es ging nur um die Sicherheit des Turms, eines Eckgebäudes, das an zwei Seiten von stark befahrenen Straßen flankiert war. Die dritte Seite des Gebäudes lag an einem verkehrsberuhigten Fußweg. Hier befand sich die Zufahrt zur hauseigenen Tiefgarage, die von einer Spezialeinheit gesichert wurde. Manderscheid misstraute ihr. An der vierten Seite teilte sich der Turm den Zugang zu einem kleinen Park mit zwei anderen Gebäuden –

ein Gefahrenherd ersten Grades: Es handelte sich um eine knapp achtzig auf sechzig Meter große Wiese, in deren Mitte sich ein vier Meter hoher Hügel mit einem Plateau erhob. Die Steigung war sehr moderat, vielleicht zehn Prozent, und setzte bereits am Rande des Parks an, sodass ein Panzer jederzeit in der Lage wäre, den Spielplatz zu überrollen. Der Grünstreifen war von innen nach außen von einer losen Baumreihe, einem Kiesweg und einer gestutzten Hecke gesäumt. Der Kiesweg fand, zu einer Promenade verengt, am Steilufer des Mains seine Fortsetzung. Am Rande des Plateaus befanden sich eine Baumgruppe und eine Bank, von der aus Eltern das Spiel ihrer Kinder bewachten. Die Baumgruppe wäre beim Einsickern in die feindliche Stellung von zentraler strategischer Bedeutung. Die Geländebedeckung bestand überwiegend aus Wiese und böte bei einem Fliegeralarm wenig Schutz. Der leichte Hackboden würde es dem Feind erlauben, in kürzester Zeit eine ausgebaute Deckung mit Kampfständen und -gräben anzulegen, sodass im Feuergefecht auch eine Wechselstellung zur Verfügung stünde. Das sogenannte Naherholungsgebiet könnte vom Feind als Drehscheibe für eine Invasion wie aus dem Lehrbuch verwendet werden: Die Versorgung des Stützpunktes wäre zu Wasser, zu Land und von der Luft aus zu bewerkstelligen. Der Main wäre breit und tief genug für einen Versorger der Lüneburg-Klasse. Aber es lag keine militärische Bedrohungslage vor. Schon wieder waren mit dem Hauptmann der Reserve die Pferde durchgegangen. Manderscheid atmete entschieden aus. In Afghanistan hätte der Park einen idealen Platz für ein befestigtes Lager abgegeben, einen kleinen Hubschrauberlandeplatz mit inbegriffen. Aber er war nicht mehr in Afghanistan, verdammt! Manderscheid hatte den Fehler gemacht, in der Firma für Objektschutz gegenüber seinem Chef ein paar Sätze zur Beschaffenheit des Geländes fallen zu lassen. Der Fähnrich der Reserve hatte ihn verspottet: »Spinnen Sie nicht rum, Manderscheid. Wenn ein Entführer irgendeine Maschine vom Flughafen direkt ins Hochhaus steuert, können wir nur zusehen. Sie sind Folklore! Ein paar Wachleute gehören bei einer Bankzentrale einfach dazu.« Der Fähnrich der Reserve dachte nicht militärisch, er hatte es in seiner kurzen Dienstzeit verabsäumt, Gefahren zu erkennen. Solcher Leichtsinn hätte Manderscheid schon einmal fast das Leben gekostet. Für ihn stand fest: Die Sicherheit des Gebäudes war bedroht, sonst würde die Bank kein Geld für Objektschutz ausgeben. Und die Bedrohung wurde unterschätzt, denn

jede Bedrohung wurde unterschätzt. Wenn Manderscheid das Oberkommando gehabt hätte, wären sie
auf Nummer sicher gegangen und hätten das Fla-
Rak-System ROLAND in der Tiefgarage stationiert.
Das Trägerfahrzeug war nicht größer als ein Lkw.
Dieses allwettertaugliche, voll mobile Waffensystem
wäre in kürzester Zeit gefechtsbereit und böte zuver-
lässigen Schutz. Gegen feindliche Flieger im tiefen
und mittleren Höhenbereich war es alternativlos. In
Frankfurt oder Kunduz, Gefahren für die Sicherheit
gab es überall, besonders dort, wo man sie nicht ver-
mutete. Vielleicht hatte der blöde Bundeswehr-Psy-
chologe doch recht gehabt?

2. Beruf: Trader

Im Turm. Am Front Desk. Raimund war Mitte 20, ein junger Hüpfer, Ebene n. Für seinen Namen konnte er nichts, aber für seinen Beruf: Trader. Seinen direkten Vorgesetzten im Middle Office nannten er und die anderen Jungs nur $n+1$. Mit ihm wechselte Raimund täglich Floskeln. Eine Stufe höher in der Hierarchie saß der $n+2$ im Back Office, ihm musste Raimund wöchentlich eine Mail schreiben. Seinen $n+3$ hatte Raimund nur einmal gesehen, vor drei Jahren beim Vorstellungsgespräch. Den $n+4$, $n+5$ usw. kannte Raimund nur vom Hörensagen.

Die Kurse stiegen langsam, fielen aber schnell. Raimund war Spezialist für fallende Messer, heimisch auf dem Bullenmarkt. Wenn ein Zug in den Abgrund raste, konnte man schnell sehr weit kommen. Aufs richtige Timing kam es an. Man musste an Bord sein, bevor es abging in die Tiefe. Rechtzeitiges Abspringen machte den Meister. Manchmal ging es kurz nach dem Bruch schon wieder bergauf, wie bei einer Achterbahn, die nur kurz in die Tiefe stürzt, um Schwung für einen Looping zu holen. Meist war das Tempo enorm. Man wusste nie, wo die Wand kam. Kurz vor dem Aufprall war die Party am schönsten. Das war das große Problem.

Raimund verkaufte Werte, die ihm nicht gehörten. Das Risiko steigender Kurse hedgte er mit Kaufoptionen. Im Idealfall lief es wie beim Holzfällen: Obwohl der Stamm durch ist, steht der Baum noch eine Weile. Das ist der Zeitpunkt zum Einstieg: *Ready.* Raimund geht long. Dann gibt es ein leises, unheilvolles Zittern. Es kündigt den Fall an. Raimund macht sich bereit für den Verkauf: *Steady.* Und während der Baum fällt, in der kurzen Zeit bis zum Aufprall, muss er den Sack zumachen und verkaufen: *Go.* Raimund geht short. Raimunds Puls war mit dem Auf und Ab der Märkte verdrahtet. Der Day-Trader hatte keine Zeit für Tagträume. Jedes Beben der Kurse erlebte er als körperliche Erschütterung. Downs mit Ansage, Kursstürze im richtigen Moment, das waren seine Höhepunkte. Für diesen lukrativen Kick war Raimund bereit, alles zu geben. Leider verschob er nur lächerliche Summen, auch wenn er sich nicht an die strengen Vorschriften hielt. Schon als Kind hatte es ihn gelangweilt, um Spielgeld zu pokern. Deshalb hatte er irgendwann seine Limits verdoppelt, vervierfacht, verzehnfacht...

Niemand protestierte dagegen. Um diese Mogelei zu kaschieren, tätigte er Geschäfte immer in beide Richtungen. Er kaufte und verkaufte: Long und Short. Aber eines der Geschäfte war nur Schein. Er ließ den Kontrahenten offen und hielt so für ein paar Tage den Automaten hin, so wurde das automatisierte Handelssystem am Front Desk genannt. Der Automat meckerte nicht, solange unter dem Strich eine Null stand. Ein paar Tage später buchte Raimund seinen Gewinn und löschte das Scheingeschäft. Seinen $n+1$ im Middle Office störte das nicht. Auch der $n+2$ hätte das bemerken können, aber man ließ ihn gewähren. Die Gewinne kehrte Raimund unter den Teppich, indem er verlustreiche Positionen mit unbekannten Handelspartnern erfand. Ohne darüber nachzudenken, beschummelte Raimund ständig die Kontrollsoftware und hebelte mit kleinen Notlügen routinemäßig die Einwände des Automaten aus, noch bevor dieser sich zu Wort meldete. Der Automat konnte nichts mitkriegen. Der $n+1$ und der $n+2$ wollten nichts mitkriegen. 10.000.000 hatte Raimund inzwischen unterm Carpet für schlechte Zeiten. Deshalb bezeichnete er sich als konservativ veranlagt und grinste. Seine getarnte Kriegskasse hatte er mühsam gefüllt, indem er viele kleine Schlachten gewonnen hatte. 40.000

hier, 52.000 dort. Raimunds Zeigefinger, mit dem er die Maus bediente, war magisch. Er hatte die Märkte im Griff, war der Experte, ein Zauberer. Ab und zu ging auch mal was daneben. Aber davon ließ Raimund sich nicht beirren. Verluste machte er wieder wett, und fertig. Damit die 10.000.000 nicht in der Jahresbilanz auftauchten, musste Raimund den Carpet bis in den Januar ausrollen. Er war viel zu konservativ, um seine Gewinne zu versteuern. Neulich war Raimund vom n+1 sogar gelobt worden, wegen seiner originellen Strategie. Je länger die Zahlenkolonnen, desto spannender wurde es. Seitdem Raimund 10.000.000 in seiner Schatulle hatte, waren Gewinne unter 100.000 nur noch Peanuts. Und vorschriftsmäßige Transaktionen konnte Raimund schon gar nicht mehr ernst nehmen: Kindergeburtstag. Gelangweilt wickelte er seinen Job als Market Maker ab. Seine Leidenschaft galt den echten Transaktionen. Wo es nicht um Krümel ging, sondern um Brote. Und irgendwann würde er ihn machen, den ganz großen Deal.

3. Der Experte

Vor dem Turm. Besser wär's, Sedelmayr würde heute auf die Rosinenschnecke verzichten. Vor einem Jahr hatte der Doktor Diabetes diagnostiziert, in einem frühen Stadium. Eigentlich musste Sedelmayr nach dem Essen immer solche komischen Tabletten nehmen. Meistens dachte er dran. Aber er nahm's nicht so genau. Sein Leben lang hatte er gegessen, was er wollte. Probleme hatte es nie gegeben. Und jetzt sollte er auf einmal krank sein? Vati hatte immer gesagt: »Wenn du über fünfzig bist und gehst gesund zum Arzt, kommst du krank wieder heim.« Und recht hatte Vati gehabt, sich das Rauchen nicht verbieten lassen, und 73 war er trotzdem geworden. Sedelmayrs Arzt hatte immer die gleiche Leier drauf von wegen Diät und Gewichtsreduktion. Vor ein paar Jahren hat Sedelmayr es sogar mal ausprobiert: Magerquark, Knäckebrot und Schnittlauch. Das war doch kein Leben! Was hatte er dann noch? Nein, ohne eine gute Bratwurst und ein Teilchen ... wie sollte er dann den Tag rumkriegen? Der Job als Wachmann war in Ordnung, auch von der Bezahlung her, aber langweilig. Für die Spedition zu arbeiten war spannender gewesen. Er war viel rumgekommen. Und überall hatte er Bratwürstchen gegessen. Auf diesem Gebiet war Sedelmayr Experte. Da machte ihm keiner so schnell was vor. Okay: Die Würstchen im Bankenviertel waren solide. Guter Durchschnitt, aber nichts Besonderes, würde er sagen. Früher, vor dem Bandscheibenvorfall, als er noch bei der Spedition arbeiten konnte, hatten sie immer eine Bude in Neu-Isenburg angesteuert. Das war echte Hausmacherqualität: eigene Schlachtung, grob, gut gewürzt und ordentlich durchgebraten. Eine ganz andere Liga. Die Wurst kam auf einem rechteckigen Papptellerchen, mit einer Papplasche dran zum Abreißen, damit man die Wurst manierlich halten konnte. Mit einem Suppenlöffel durfte man sich so viel Senf aufladen, wie man wollte. Wenn Sedelmayr das erzählte, und er erzählte es oft, glaubte man ihm nicht. Im Neu-Isenburger Industriegebiet waren wahrhaftige Grillmeister am Werk, die Würstchen im Bankenviertel hingegen wurden überschätzt. Sie waren nicht schlecht: fein gemahlen, mild gewürzt, vorgegart. Aber halt nur guter Durchschnitt. Und wenn man es ganz genau nahm, waren es gar keine *Brat*würste. Sie wurden nur auf dem Elektrogrill heiß gemacht. Das sparte natürlich Zeit. So konnte man mehr Würste in der Stunde verkaufen. Die einzelne Wurst blockierte den Grill nur kurz. Sedelmayr hatte es genau beobachtet, es ging ruckzuck; während der Mittagspause brachte der Angestellte zwei, manchmal sogar drei von diesen eingeschweißten rechteckigen Wurstpaketen an den Mann. Neben dem Grill schwebte kopfüber eine Flasche Senf. Mit einem Handgriff zog der Verkäufer noch eine schmale gelbe Linie drüber. So ähnlich kannte er es aus irgendwelchen Filmen mit Kokain. Jeden Tag musste Sedelmayr um eine doppelte Portion Senf betteln. Obwohl er Stammkunde war, erinnerte sich niemand an ihn. Denn jeden Tag stand hinter dem Tresen ein anderer mit Plastikkrone. Oft waren es junge Leute, wahrscheinlich Studenten. Manchmal auch Ausländer. Sedelmayr hätte sie eher an einem Dönerstand vermutet. Meistens waren die Ausländer großzügiger mit dem Senf als die Deutschen. Bestimmt gab es strenge Vorgaben. Bratwurst-König hieß die Kette, seit ein paar Jahren hatten sich die knallroten Stände in ganz Frankfurt ausgebreitet. Das Drumherum war sehr edel gemacht: Auf den Servietten war mit geschwungenen goldenen Buchstaben das Firmenlogo aufgeprägt. Wurst, Brötchen, Senf und Serviette bildeten ein Ensemble, das sah sehr schick aus, wenn man sich erst einmal daran gewöhnt hatte, wie eine Feinkost-Spezialität. Aber Sedelmayr ließ sich nicht blenden. Er war Kenner. Anfangs hatte ihn die gerade Form der Würstchen im Bankenviertel irritiert. Er dachte lange darüber nach. Dann war er zu dem Schluss gekommen, dass eine krumme Wurst in mehrfacher Hinsicht Verschwendung war: Platzverschwendung bei der Lagerung und auf dem Grill. Und außerdem waren krumme Würste schwieriger zu handhaben. Die geradlinigen Würstchen ließen sich viel einfacher wenden. Es genügte, einmal sanft mit der Grillgabel drüberzustreichen. Man musste nicht wie in Neu-Isenburg jede Wurst einzeln mit der Grillzange fassen. Das hatte immer elegant ausgesehen, wie der Neu-Isenburger Grillmeister seine Würstchen durch die Luft gewirbelt hatte. Er war unglaublich routiniert gewesen. Die eine Wurst war noch nicht gelandet, da flog schon die nächste hoch. Auf dem Tresen stand ein großer Brotkorb. Es gab Schwarzbrot satt, Selbstbedienung. Die Brotscheiben waren alle verschieden groß. Ist ja auch normal, wenn man einen Laib aufschneidet. Da wurde nicht so viel Tamtam gemacht, wozu auch? Es ging um die Wurst, und der Budenbesitzer wusste, dass er Qualität verkaufte.

Bei Bratwurst-König waren die Brötchen länglich und schmal. Bestimmt wurden sie extra gebacken, solche Brötchen gab es sonst nirgendwo. Links und rechts guckte nur ein Zipfelchen Wurst raus. Im Bankenviertel sah eine Wurst genauso tipptopp aus wie die nächste. Massenware.

4. Sicherheit

Manderscheid konnte nichts Verdächtiges entdecken: Die Anhöhe wurde von drei Kindern bespielt. Eine Mutter saß auf der Bank und blätterte in einer Illustrierten. Die Fläche hinter dem Hügel entzog sich seinem Sichtfeld, war aber mutmaßlich leer. Zumindest hatte er nicht gesehen, dass ein feindlicher Kämpfer dort in Deckung gegangen wäre. Wenn jetzt ein Scharfschütze in teilgedeckter Stellung auf ihn anlegen würde… er wäre tot. Schon wieder lief ein Film, den Manderscheid nicht stoppen konnte. Gelänge es ihm, hinter der Hausecke in Deckung zu gehen, dürfte er den Feind nicht unter Beschuss nehmen, weil er dadurch Leib und Leben der Zivilbevölkerung gefährden würde: »Zivilpersonen (ausgenommen Levée en masse) sind zu schonen und zu schützen und haben Anspruch auf Achtung ihrer Person, Ehre, Familienrechte, religiösen Anschauungen, Gewohnheiten und Gebräuche.« Manderscheid hatte seine Rekruten das humanitäre Völkerrecht auswendig lernen lassen. Er durfte die Zivilbevölkerung keinesfalls in Gefahr bringen. So war es in Afghanistan gewesen, und so war es erst recht hier, wo es sich mit hoher Wahrscheinlichkeit um deutsche Mitbürger handelte. Was würde er denn sagen, wenn ein Kamerad versehentlich eines seiner Kinder erschießen würde? Seine Ex dürfte er ruhig erwischen, sie hatte es nicht besser verdient. Aber wenn Kevin und Niko etwas zustieße... Seit fast vier Wochen hatte er die beiden nicht mehr gesehen. Zwei Jahre hatten sie sich um das Sorgerecht gestritten. Zum Schluss hatte die Richterin ihm nur Umgangsrecht zugesprochen. Seine Ex sabotierte die Treffen. Sanktionen brauchte sie dennoch nicht zu fürchten. Der Sachbearbeiter vom Jugendamt zuckte nur mit den Achseln. Aber wehe, wenn Manderscheid einmal die Alimente nicht pünktlich überweisen würde... sofort hätte er diesen langhaarigen Typen vom Amt an der Strippe. Manderscheid hatte Kevin zum Geburtstag ein Polizeiauto von Playmobil gekauft und zwei Motorradpolizisten. Hatte über 50 Euro gekostet, aber Kevin hatte es sich gewünscht. Manderscheid hatte einfach ein paar Bier weniger getrunken. Und jetzt lag das Geschenk seit dreieinhalb Wochen verpackt in Kevins kleinem Kinderzimmer. Mütter durften sich alles herausnehmen, Väter waren rechtlose Zahlknechte.

Der Prozess war furchtbar gewesen: Seine Frau hatte das alleinige Sorgerecht angestrebt und hätte ihm am liebsten auch noch den Umgang verbieten lassen. Sie hatte allen Ernstes behauptet, er, Manderscheid, hätte nicht mehr alle Tassen im Schrank. Er wäre traumatisiert aus Afghanistan zurückgekehrt. Und er würde sich weigern, sich einer psychotherapeutischen Behandlung zu unterziehen. Die Familienrichterin war eine Oberemanze und hatte einen Gutachter bestellt. So einen schwulen Typen mit 'nem Händedruck wie ein Fischbrötchen. Der hatte Manderscheid Hypervigilanz attestiert sowie fehlende Einsicht. Letzteres hatte die Familienrichterin bewogen, ihm tatsächlich das Sorgerecht abzuerkennen. Das Kindeswohl stünde an erster Stelle. Es wäre auch eine Frage der Sicherheit.

5. Reale Werte

Raimund wandte sich den unteren Screens zu. Von 8 bis 22 Uhr gab es für ihn nur Märkte und Monitore. Die Märkte waren launisch, zickig wie eine Diva. Mal ließen sie den Anleger in obszönen Kursfantasien schwelgen, mal zeigten sie ihm die kalte Schulter oder ließen ihn zappeln. Sogar Blue Chips ließen sie eiskalt absaufen. Seit die Notenbanken alle Schleusen geöffnet hatten, überflutete Liquidität die Märkte. Gold kochte, warf Blasen. Aber damit wollte Raimund nichts mehr zu tun haben. Sein Großvater hatte Goldmünzen für ihn gesammelt, die durfte er erst mit 21 verkaufen. Wenn er mit 19 das Kapital flüssig gehabt hätte... Die Asienkrise hätte sein Studium finanziert. Stattdessen saß er auf seinen Goldmünzen, polierte Platte, und musste tatenlos zusehen, wie die Märkte kollabierten. Im Öl war schon viel Spekulation eingepreist, zu spät. Raimund würde eine dezente Verkaufsoption auf den DAX legen. Put. Put. Put. 30.000 – mehr nicht. Bestimmt kam der DAX ins Rutschen. Spätestens

Ende nächster Woche, wenn seine Bank ihre Zahlen vorlegen musste. Die waren gar nicht übel, aber der neue CEO hatte den Mund zu voll genommen: 25 Prozent Eigenkapitalrendite. Eigentlich war es höchste Zeit, sich endlich den Neuen vorzuknöpfen, der seit ein paar Tagen mit am Front Desk stand. Aber irgendwie war ihm nicht danach. Die Märkte schienen etwas auszubrüten, und auch Raimund war es blümerant. Er legte noch einen weiteren 30.000er-Put auf den DAX. Eigentlich war es Zeit für den großen Wurf. Aber jetzt, wo er möglich wäre, hatte er ein mulmiges Gefühl. Raimund hing schon wieder am Ticker: Bekam Spanien einen Haircut? Griechenland sah mit neuer Frisur auch nicht besser aus. Morgen spannten die Staats- und Regierungschefs einen neuen Schirm, der alte war zu klein. Der neue würde auch nutzlos sein, sobald das ganze Flugzeug brannte. Wenn Raimunds Bank nächste Woche die Hosen runterließ, würde das die Märkte nicht kaltlassen. Die beiden 30.000er-Puts waren zu konservativ. Er legte 30.000 nach.

Die Wallstreet hatte sich noch mal behauptet: Coca-Cola wieder flüssig. Disney verkauft seine Tochter: guter Deal. Procter & Gamble verspielt Vertrauen in Brasilien. Goldman Sachs trennt sich von 31 Partnern. Fastfood-Schlacht: McDonald's möchte Konkurrentin schlucken. Wendy's sucht weißen Ritter. Apple verkauft Tablets wie warme Semmeln, nur Beruhigungspillen… Auch in den USA ging es nicht ewig so weiter, früher oder später würde die Lokomotive auf offener Strecke stehen bleiben, sobald das Vertrauen verfeuert war, oder sie fuhr mit Volldampf gegen die Wand…

EZB: Ab 2013 neue Serie Banknoten. Sicherheit ist Trumpf. Bullshit! Japan stottert. Schlechte Zahlen von Salzgitter. Put. Put. Put. Lufthansa kündigt Höhenflug an. Bullshit! Stahl gibt nach. Put! Put! Put! ThyssenKrupp fasst neuen Mut. Bullshit! Munich Re: erster Wüstenstrom 2020. Bullshit, aus den Chefetagen nichts als Bullshit! Irgendwelche Fondsmanager verwalteten Billionen, Billiarden ihrer Anleger. In ganzseitigen Interviews erzählten sie großmäulig von durchdachten Investments in reale Werte, von aufstrebenden Märkten bla, bla, bla. Abgebildet waren sie in Maßanzügen mit Schuhen für 1.200, die melierten Haare zu einem gediegenen Scheitel frisiert, und erzählten, wie gerne sie am Sonntag mit ihren Kindern spielten. Im Job ließen sie sich Schrott andrehen und verstanden selbst nicht genau, was sie kauften. Aber sie saßen auf dem Geld der Anleger, diktierten die Kurse, während Raimund nur ein ganz, ganz kleines Licht war, ein Esel, der auf einer saftigen Wiese an der kurzen Leine angepflockt war. Selbst wenn er sein offizielles Limit ignorierte. Es war beschämend, dass ein Finanzgenie von seinem Kaliber sich über Peanuts wie 30.000 überhaupt Gedanken machen musste. Seit vier Jahren saß er jetzt schon am Front Desk, der n+1 lobte ihn oft, und trotzdem war er immer noch ganz unten. Lebensalter wurde einfach überbewertet in der Bankbranche. Im Investment-Banking ging es zwar lockerer zu als in anderen Geschäftsbereichen, aber letzten Endes bremste man ihn aus, nur weil er unter 30 war. Raimund hat schon viele Märkte kollabieren sehen. Die alten Säcke hatten ihnen eine große Zukunft vorhergesagt ... Schwups, da waren sie Vergangenheit. Der Bullshit von Sicherheit und realen Werten kam Raimund zynisch vor. Am Ende glaubten die hochdotierten Mittfünfziger tatsächlich daran, dass der Finanzmarkt in irgendeinem vernünftigen Verhältnis zur realen Wirtschaft stand. Wie konnte dann ein Unternehmen innerhalb weniger Stunden mehrere Millionen an Wert verlieren? Warum überflügelte der Börsenwert eines neu gelisteten Titels innerhalb weniger Tage den von Unternehmen, die auf eine hundertjährige Tradition zurückblickten? Werte gab es nicht. Werte waren eine Illusion, auf dem Markt allenfalls eine flüchtige Kategorie. Das bewiesen die Zahlen, die über Raimunds Bildschirme huschten. Die älteren Herrschaften waren in Zeiten echter Prosperität geprägt worden. Heute machten nur die Player Cash. Zugegeben, es war ein komplexes Spiel nach undurchschaubaren Regeln: Es bildete die ökonomische Wirklichkeit nicht ab, aber es hatte auch nicht nichts mit ihr zu tun. Raimund verkaufte Indien-Warrants und realisierte 440.000. Er hatte gewusst, dass es in Indien nicht endlos so weiterging. Nur 440 hatte er daraus gemacht, albern. Wenn man ihn gelassen hätte, mit einem Fingerschnipsen hätte er Milliarden eingespielt. Selbst aus dieser kleinen Indien-Sache hätte er richtig Kapital schlagen können. Es hatte schon so viele Gelegenheiten für den großen Wurf gegeben. Er hatte sie alle ungenutzt verstreichen lassen müssen. Der DAX war reif. Und statt Milliarden abzugreifen, musste Raimund vorsichtig sein. Es war einfach zum Kotzen. Wenn er doch nur ein einziges Mal seine Überlegenheit ausspielen könnte …

6. Der Spieler

Auf dem Schachbrett war Sinzig ein Hasardeur. Die Partien machten ihm erst Spaß, wenn er einen Bauern geopfert hatte. Oft waren seine Opfer inkorrekt. Das Schachprogramm erkannte das sofort. Trotzdem war er erfolgreich, weil der Gegner es am Brett nicht widerlegen konnte. Im Turnierschach war es egal, ob ein Opfer korrekt war oder nicht … Es genügte schon, den Gegner mit einem Opfer einzuschüchtern, damit er patzte … Das war alles Psychologie. Früher, in der Jugend, hatte Sinzig noch vorsichtig gespielt. Schon beim kleinsten positionellen Vorteil hatte er schleunigst alle Figuren getauscht und war ins Endspiel geflüchtet. Oft hatte er Nerven gezeigt und gewonnene Stellungen vergeigt. Irgendwann, nachdem sein Papi gestorben war, hatte es bei Sinzig Klick gemacht. Fortan hatte er abenteuerlustig gespielt. Die Schachprogramme waren immer besser geworden und leisteten Sinzig unermessliche Dienste. Mithilfe des Computers konnte er auch als einfacher Vereinsspieler die Eröffnungstheorie neu schreiben, indem er den Rechner mit wildromantischen Partien alter Meister fütterte. In akribischer Fleißarbeit hatte Sinzig die Wiener Partie analysiert, die aus der Weltklasse seit fast 100 Jahren verschwunden war. Seitdem hatte er ein halbes Dutzend Bauernopfer in petto, die der gute Wilhelm Steinitz zur Jahrhundertwende im Wiener Kaffeehaus aufs Brett gezaubert hatte. Damals hatte es noch nicht einmal Schachuhren gegeben. Mit seiner Leib-und-Magen-Variante hatte er bei einem Schnellschachturnier sogar mal einen Internationalen Meister aus Rumänien an die Wand gespielt. Es hatte sich schon eine kleine Traube um das Brett gebildet. Die Sensation lag in der Luft. Aber Sinzig war einfach zu aufgeregt. Er konnte den Sack nicht zumachen. Der Rumäne hatte seine verlorene Stellung sorgfältig verteidigt. Wenn ein Patzer erst einmal schlecht stand, warf er mit ein paar zweifelhaften Zügen schnell die ganze Partie weg. Schwache Spieler gaben mental auf, bevor die Partie verloren war. Starke Spieler kämpften hochkonzentriert bis zum Schluss. Es genügte nicht, hin- und herzuziehen und ein paar Fallen aufzustellen. Eine marode Stellung brach nicht von alleine zusammen. Gegen gute Spieler brauchte man einen zwingenden Plan, den man konsequent durchzog. Der Gegner konnte

diesen aber immer wieder noch ein bisschen hinaus-
zögern, indem er ein paar Bauern opferte, um der
erdrückenden Initiative die tödliche Spitze zu nehmen. Dann musste man wieder neu Anlauf nehmen.
Der rumänische IM spuckte drei Bauern, ohne mit
der Wimper zu zucken. Sinzig hatte zwei gesunde
Mehrbauern, ein solider materieller Vorteil, aber in
Sachen Initiative und Raum war die Stellung wieder
völlig ausgeglichen. Im Endspiel wäre der materielle
Vorteil erdrückend geworden. Aber der Rumäne
tauschte keine Figur. Noch fast alle Offiziere waren
auf dem Brett, das reinste Schlachtgetümmel, da
fielen zwei Bauern mehr oder weniger überhaupt
nicht ins Gewicht. Mit Blick auf die Uhr hatte Sinzig Remis gegeben. Der Rumäne hatte noch mehr
als zehn Minuten Bedenkzeit, Sinzig weniger als
fünf. Im Schnellschach waren fünf Minuten wert-
voller als ein paar Bauern: Materieller Vorteil war
nicht alles.

7. Hinterhalt

Manderscheid sah auf die Uhr. Langsam ging es auf Mittag zu. Er ließ den verfressenen Sedelmayr als Ersten in die Pause, wie immer. Sinzig postierte er an der Ecke der Kreuzung. Er musste den fließenden Verkehr auf beiden Straßen überwachen. Der Turm hatte einen fast quadratischen Grundriss. An der diagonal gegenüberliegenden Ecke bezog Manderscheid seinen Posten, bewachte die offene Geländeflanke und ließ auch die Einfahrt des Parkhauses nicht aus den Augen. Er misstraute der Spezialeinheit, die blind auf die automatisierte Zufahrtssteuerung setzte. Manderscheid verließ sich nicht mehr auf Automaten. Er musste die Dinge mit eigenen Augen kontrollieren. Um diese Uhrzeit war nicht mehr viel Betrieb. Die meisten Fahrzeuge kannte er. Morgens waren fast alle Autos nur einfach besetzt. Jetzt ging es langsam los, dass die Banker in kleinen Gruppen auswärts Mittag machten. Meistens waren es Angestellte aus den gehobenen Chargen, denen die gediegene Kantine nicht gut genug war.

Die ganz hohen Tiere aßen nie auswärts. Vielleicht wurde für sie à la carte gekocht? In Afghanistan war die Generalität stets separat zu Tisch gegangen, abseits vom Offizierskorps und den Mannschaftsgraden. Wie das wohl in der Bank war? Sicherlich hatten die Vorstände einen eigenen Speisesaal. In der Kantine hatte Manderscheid zumindest noch keinen von ihnen gesehen. Aber er war auch nicht oft dort. 6,50 für das billigste Tagesgericht konnte er sich auf die Dauer nicht leisten, zumindest nicht mit gutem Gewissen. Vielleicht aßen die Vorstände auch in ihren riesigen Büros? Von da oben hatten sie einen sehr instruktiven Rundblick. Wenn es tatsächlich um die Sicherheit des Turmes gegangen wäre, hätte er dort oben seinen Wachposten beziehen müssen – und den verfressenen Sedelmayr dann gleich nach Hause schicken können. Aber das war undenkbar, Prestige ging vor Sicherheit, sein Platz war unten, am Fuß des Turms… Alle Mitarbeiter hatten einen Parkausweis mit Chip, damit verschafften sie sich Zugang. Das System wurde gut gepflegt. Einmal hatte ein ehemaliger Mitarbeiter eine Woche nach seinem Ausscheiden versucht, das Parkhaus zu benutzen. Aber der Automat hatte ihm den Zugang verwehrt und Manderscheid eine Nachricht der Spezialeinheit erhalten. Blitzschnell hatte er seine Maschinenpistole entsichert und war sofort zur Stelle gewesen… Er musste sich einigen Spott gefallen lassen, und zwar ausgerechnet von dem Kameraden, dem er zu Hilfe geeilt war. Manderscheid blieb unbeirrt: Wenn ihm ein Auto verdächtig vorkam, setzte er sofort einen Funkspruch ab. Er verließ sich nicht mehr auf automatisierte Sicherheitssysteme, seit er in Afghanistan in einen Hinterhalt geraten war.

8. Boys in the Bubbles

Erst seit zwei Jahren war Raimund Trader. Junior Trader. Vorher war er am Front Desk nur Schlachtenbummler gewesen, ein Assistent des Senior Traders, zuständig für Arbitrage-Geschäfte: Auf verschiedenen Märkten wurde ein und dasselbe Wertpapier zu unterschiedlichen Kursen gehandelt. Praktisch ohne Risiko hatte Raimund kleine Gewinne verbucht. Eigentlich beförderte man nie einen Assistenten zum Trader. Aber sein Senior Trader hatte Raimund supportet. Abends um zehn hatten sie gemeinsam Cocktails getrunken, und Raimund hatte ihn mit Fragen bombardiert, den Senior Trader, über jede einzelne Transaktion. Der Senior Trader war ein Winner-Typ, hatte für Raimund gefightet, beim $n+2$ und $n+3$. Und weil der Senior Trader so einen guten Riecher hatte, hatte der $n+3$ so lange auf den $n+4$ eingeredet, bis der $n+4$ Raimund zum Junior Trader promotet hatte. Als Assistent im Arbitrage-Handel in aller Welt Orders zu erteilen, war auch schon nicht schlecht gewesen, Raimund genoss das Pulsieren der Märkte. Aber er durfte nicht eingreifen. Wie ein Fußballer auf der Bank musste er seinen Kollegen beim Spielen zuschauen und froh sein, nicht auf der Tribüne oder gar vor dem Fernseher zu sitzen. Als Assistent hatte er die Orders der verschiedenen Trader im System erfasst, ihre Ergebnisse ausgewertet und die Risikoanalysen rausgelassen. Am Abend hatte er die täglichen Transaktionen der verschiedenen Trader zusammengestellt und dabei beobachtet, wie unterschiedlich ihre Strategien waren. Es war nicht schwer zu erkennen, welcher Trader einen guten und welcher einen schlechten Handelstag hinter sich hatte. Wie in einem Fußballstadion konnte Raimund den schnellen Wechsel von Triumph und Niederlage beobachten: Wenn jemand eine einfing, war es je nach Betrag üblich, laut zu fluchen, die heilige Jungfrau zu verwünschen oder die Computermaus zu zerschmettern. Ab und zu reckte ein Trader aber auch die Arme zum Victory, kurzer Applaus brandete auf, der $n+1$ kam herbeigeeilt, las die frohe Botschaft vom Monitor ab und überbrachte sie dem $n+2$. Die anderen hatten sich längst schon wieder den eigenen Screens zugewandt. Solche Momente des Erfolges unterbrachen das reguläre Geschäft und offenbarten die nervliche Belastung, die die Trader in der Regel mit sich alleine ausmachten. Den Rest des Tages verschmolzen sie mit den Monitoren und den darauf tanzenden Zahlenkolonnen. Eine Blase schien die einzelnen Desks zu umgeben.

Nach der Beförderung hatte Raimund sein Glück zunächst nicht fassen können. Er wollte sich und allen beweisen, dass man ihn zu Recht zum Trader gemacht hatte. Morgens kam er als Erster und ging abends als Letzter nach Hause. Seine ersten Steps auf dem Parkett waren wacklig gewesen. Die großen Summen hatten Raimund zunächst noch eingeschüchtert: 200.000. Raimund prüfte Titel, Transaktion, Nummer und Preis. 200.000, so teuer war sein Elternhaus gewesen, sein Vater hatte Jahrzehnte gebraucht, um 200.000 abzustottern. Raimund kostete es ein paar Sekunden, 200.000 per Mausklick auf dem Markt zu platzieren. 1700 Allianz zu 120. Raimunds Zeigefinger schwebte über der Maus, die Hand zitterte. Er konzentrierte sich auf seinen Atem. Einatmen. Ausatmen. Einatmen. Ausatmen. 1700 Allianz zu 120. Die Laufzeit war kurz, wenn es schiefging... Aber Raimund war sich seiner Sache eigentlich sicher... Seine Analyse wasserdicht... Die Vergleichsdaten... Alle Wegweiser zeigten in dieselbe Richtung... 1700 Allianz zu 120. Der Senior Trader stupste ihn von der Seite an. 200.000, das waren doch Peanuts. Worauf wartest du? Das muss schneller gehen! Mach schon! Einatmen. Ausatmen. 1700 Allianz zu 120. Einatmen. Ausatmen. Luft anhalten. Und Klick. Der Auftrag ging in den Markt. Allianz schwankte damals. Trotzdem war dieser Deal noch sehr reell, zumindest im Vergleich zu den windigen Orders, die er zwei Jahre später hundertmal am Tag tätigte. Short and Long. Long and Short.

9. Memory Lane

Endlich konnte Sedelmayr Mittag machen. Eine halbe Stunde war ganz schön knapp für drei Wurstsemmeln. Heute war die Schlange besonders lang. Das war auch wieder so eine Sparmaßnahme. Sie bedienten immer nur zu zweit, egal, wie viele Kunden Schlange standen. Wenn die Leute warteten, hatte Bratwurst-König keinen Schaden. Leerlauf bei den Angestellten war die Kostenfalle, betriebswirtschaftlich gedacht. Er ließ den Mann von der Bratwurstbude jedes Mal seine Bonuscard abstempeln und versorgte sie im Geheimfach des Geldbeutels. Beim Verzehr von zwanzig Würsten war die einundzwanzigste umsonst. Sedelmayr war ein kühler Rechner: Wenn alles seinen normalen Gang ging, bekam er jeden siebten Tag eine Wurst geschenkt! Er stellte sich sofort wieder hinten an. Wenn er wieder an der Reihe wäre, hätte er sein Würstchen längst aufgegessen. So nutzte Sedelmayr seine Mahlzeit zugleich als Wartezeit, er war schließlich nicht blöd. Würde er sich zwei Würste auf ein-

mal kaufen, müsste er die zweite kalt essen, und das
wollte er nicht. In Neu-Isenburg war die Bude oft
mit vier Mann besetzt gewesen. Jeweils zwei bildeten ein Team: Der eine nahm die Bestellung auf
und kassierte, der andere grillte und servierte, was
das Zeug hielt. Immer wenn eine Fahrt nach auswärts ging, hatten sie dort gefrühstückt. Sedelmayr
hatte es geliebt, fremde Städte anzusehen. Haus-
haltsauflösungen hatten Sedelmayr besonders gefallen. Persönliche Gegenstände, die jemand ein Leben
lang in Ehren gehalten hatte, getrocknete Blumen-
sträuße oder Tagebücher: Mit einem Mal war alles
Gerümpel. Wie wenig doch von einem Menschen
blieb... Meistens reichte ein Container. Die Wert-
gegenstände rissen sich die Verwandten natürlich
unter den Nagel. Sedelmayr musste die Reste ent-
sorgen. Meistens konnte es dann gar nicht schnell
genug gehen. Es hatte ihn immer gewundert, dass
die Angehörigen sich oft nicht einmal für die Foto-
alben interessierten. Dabei waren doch sicher Fotos
aus ihrer eigenen Kindheit mit dabei. Die Kollegen
hatten sich immer über Sedelmayr lustig gemacht
oder ihn angemotzt, wenn er während der Arbeit
Fotos angesehen hatte. Dutzende alter Alben hatte
Sedelmayr mit nach Hause genommen. Er hatte es
einfach nicht übers Herz gebracht, diese Erinnerun-

gen in den Container zu werfen. Dafür waren sie zu wertvoll. Wenn Sedelmayr solche Alben abends durchblätterte, stellte er sich vor, dass es Bilder von seinem Geburtstag wären. Oder von seinem Hauptschulabschluss. Mutti hatte alle Hände voll zu tun gehabt, um ihn und seine drei Brüder durchzubringen. Da war keine Zeit für Fotos gewesen und auch kein Geld, damals war das auch viel teurer. Sedelmayr hatte gehört, dass alte Fotos seit Neuestem auch im Internet versteigert wurden. Mit dem Internet hatte er zwar nichts am Hut, aber vielleicht sollte er sich mal damit beschäftigen. Wenn er nur wüsste, was für Preise da gezahlt wurden für ein altes Album. Für ein paar Euro fünfzig würde er sich nicht die Mühe machen. Aber wenn man da 50 oder sogar 100 Euro rausschlagen könnte, das wäre was … Sedelmayr biss in die zweite Wurst und stellte sich unverzüglich wieder hinten an. So wichtig war ihm das alte Zeug auch nicht. Wenn jemand anders Gefallen daran fand, musste das nicht alles bei ihm rumliegen. Vielleicht konnte er sich ja doch so einen Plasmafernseher mit einer 50-Zoll-Bildschirmdiagonale kaufen. Er hatte nur einen mit 24 Zoll. Und im Schlafzimmer hatte er sogar noch so ein altes Röhrengerät. Das hatte er damals auch von einer Haushaltsauflösung mitgenommen.

Damals hatte er ein ganzes Haus räumen müssen, von einem wohlhabenden, alleinstehenden Herrn, der alles doppelt hatte. Der Toaster von der Küche stand noch einmal originalverpackt im Keller. Genauso Herd, Mikrowelle, Fernseher und Stereoanlage. Das war für Sedelmayr natürlich ein Glücksfall gewesen. Die doppelten Geräte hatten er und die Kollegen unter sich aufgeteilt. Der alleinstehende Herr hatte offenbar eine Riesenangst gehabt, dass es auf einmal gar nichts mehr zu kaufen gibt. Der hatte sicher den Krieg mitgemacht und wollte für alle Eventualitäten gerüstet sein, auch für den atomaren Ernstfall. Geholfen hat dem alten Knaben weder seine Angst noch seine ganze Vorsorge. Tot ist tot. Sedelmayr hatte nur noch acht Minuten bis zum Ende der Mittagspause, aber zum Glück war er gleich wieder dran. Er würde die dritte Wurst gerade noch rechtzeitig abgreifen. Aber es war ganz schön knapp.

10. Ypsilon brannte

Manderscheid war sich seiner Sache sicher gewesen. Er hatte im Norden Afghanistans einen Versorgungszug eskortiert. Es war ein schöner Vormittag gewesen, nicht zu heiß. Ab und zu prallte eine Patrone außen an der Panzerung ab, das hörte man aber im Innenraum kaum. Die Moral in der Truppe war hundertprozentig. Und dann gab es plötzlich eine Explosion, und sie lagen im Feindfeuer. Sie waren noch mal mit einem blauen Auge davongekommen, die feindliche Stellung konnte durch Handgranaten erfolgreich bekämpft, der Transportzug mit Verspätung fortgesetzt werden. Aber ein Geländefahrzeug war ausgebrannt, zwei Kameraden waren tot: seine beiden Skatbrüder Klaus und Manfred. Beide hatte er erst in Afghanistan kennengelernt. Aber es waren tadelfreie Männer gewesen, sie hatten sich keinen Fehler erlaubt, ebenso wenig wie Manderscheid selbst. Das war ungerecht. Es hätte genauso gut ihn treffen können. Wenn sie wenigstens am Vorabend zu viel getrunken hätten oder unaufmerksam gewesen wären, aber nein, sie hatten gut aufgepasst und sich auch auf den Radar konzentriert. Der Feind hatte ihnen in einer abgeschirmten Felsenhöhle aufgelauert. Manderscheid hatte schon angefangen, den täglichen Berichten aus Deutschland zu glauben, dass im Norden alles ruhig und unter Kontrolle sei und der Einsatz der Bundeswehr nur eine Art bewaffnete Entwicklungshilfe. Aus heiterem Himmel war eins ihrer Fahrzeuge ausgebrannt, eines mit den deutschen Farben und dem Ypsilon auf dem Nummernschild. Natürlich hatte er gewusst, dass theoretisch auch Fahrzeuge mit Ypsilon ausbrennen konnten. Dennoch war es unvorstellbar gewesen – und warum ausgerechnet das von Klaus und Manfred? Normalerweise brannten Ypsilon-Fahrzeuge nicht aus, sondern wurden wegen überhöhter Abgaswerte stillgelegt. Auch in Afghanistan galten die deutschen Grenzwerte.

In ein paar Minuten würde Sedelmayr Sinzig auf dessen Posten an der Straßenecke ablösen, damit der auch Mittag machen konnte. Wenn Sedelmayr nicht wieder die Pause überzog. Es war wirklich unzumutbar, dass Manderscheid in der Mittagspause mit einem Mann auskommen musste. In seinem Arbeitsvertrag stand, dass ihm die Koordination des Wachpersonals oblag. Tatsächlich wäre es ohne sein eigenes ständiges aktives Zutun unmöglich gewesen, das Gebäude wirklich zu sichern. Aber bei der Bundeswehr hatten die Dinge auf dem Papier auch anders ausgesehen als in der Wirklichkeit.

11. Triumph und Geheul

Es genügte Raimund nicht, seine Sache gut zu machen. Er wollte der Beste sein. Er war der Beste. Er konnte sich noch genau daran erinnern: Es war der Tag gewesen, an dem seine Freundin nach vier Jahren mit ihm Schluss gemacht hatte. Da war Raimund mit der Allianz sein erster großer Coup gelungen. Er verfolgte die Kurse der Versicherungskonzerne ohnehin, aber auf die Allianz hatte er schon immer ein Auge geworfen. Bisher hatte Raimund mit der Allianz jedesmal Kasse gemacht. Wenn der Kurs stieg, ging er long – short, wenn er fiel. Mit der Allianz, das war wie Tanzen, wenn die Partner gut aufeinander eingespielt sind. Seit ein paar Tagen spielte die Allianz verrückt, der Kurs flackerte wie eine Kerze im Wind. Raimund hatte das noch nie erlebt. Es gab riesige Kapitalströme, aus Bächen wurden Flüsse. Im Stundentakt floss Liquidität mal ab und dann wieder zu. Raimund verstand die Welt nicht mehr. Das Ganze erinnerte ihn an seine allererste Transaktion für 200.000. Damals hatten die Kurse auch ein wenig geschwankt, aber das war überhaupt kein Vergleich. Das ergab überhaupt keinen Sinn. Es dauerte eine Ewigkeit, einen halben Tag, bis Raimund wusste, woran ihn das noch erinnerte: In den Tagen vor dem 11. September waren Derivate auf amerikanische Fluglinien ähnlich ausgerissen. Raimund dachte nicht darüber nach, woher einige Spekulanten schon am 8., 9. und 10. September gewusst hatten, was am 11. passieren würde. Er stellte auch keine Nachforschungen an, wer mit der Katastrophe vom 11. September ein Vermögen gemacht hatte. Schließlich war Raimund Trader und kein Polizist. Raimund verglich die aktuellen Kursbewegungen der Allianz mit denen der amerikanischen Fluglinien-Derivate vor dem 11. 09. 2001. Die Ähnlichkeiten waren evident. Der Baum zitterte, ein Erdbeben würde kommen. Es war Raimunds erste Zockerei im großen Stil. Für 150.000 verkaufte er Allianz-Aktien zum Tageskurs, die er noch nicht besaß, aber später zu gefallenen Kursen beschaffen wollte. Und tatsächlich war das Glück Raimund hold: Es gab wieder eine Katastrophe! Es hielt ihn nicht mehr auf dem Stuhl, er sprang auf und klatschte vor Freude in die Hände, als die Meldung über den Ticker lief: *Anschlag auf Londoner U-Bahn: vier Bomben detoniert, 56 Menschen tot, mehrere Tausend Verletzte.* Raimund sah triumphierend zu, wie die geliebte Allianz immer weiter abkackte und seine Gewinne in die Höhe schnellten: 200.000 … 300.000 … 500.000, 850.000 … Bei 1.200.000 ließ Raimund es bewenden und nahm mit. Er durfte nicht gierig werden. Der Markt bestrafte Gier hart und unnachsichtig. Das war ein ehernes Gesetz.

12. Krieg in 3-D

Sinzig machte Mittagspause. Wie immer ging er in den kleinen Park auf der Rückseite des Gebäudes und setzte sich auf die Bank neben dem Spielplatz. Während er hastig seine Brotdose öffnete und dabei unwillkürlich grunzte, packte die Mutter ihr Kind in den Wagen und verschwand. So war es immer, aber Sinzig kümmerte sich nicht darum. Mami hatte Sinzig wie jeden Tag seit einundvierzig Jahren drei Scheiben Schwarzbrot mit Salami und Scheibletten belegt. Er griff sich die erste Stulle und biss ab.

Schach war Krieg. Währenddessen vergaß man das oft. Aber Schach bedeutete Krieg. Es war ein klassischer Zweikampf. Zwei Männer saßen einander gegenüber. Ab und zu schaute man sich in die Augen, meistens aufs Brett. Und man kämpfte, rang miteinander, nur ein Ziel im Visier: den Gegner in die Knie zu zwingen. Die Figuren waren nichts anderes als die Abstraktion zweier Heere, die aufeinander losschlugen. Das Schachbrett mit seinen 64 Feldern war ein Schlachtfeld, ein Modell unserer Welt. Die Menschen waren doch auch nur Figuren, die von irgendwelchen Großkonzernen und Banken hin- und hergeschoben wurden. Wie ein Gestörter lief Sinzig den ganzen Tag um dieses Bankhochhaus. Von oben betrachtet schützte er die Bank wie der Bauer auf g2 den König auf g1. Die Bauern schickte man vor, man konnte sie leicht opfern, denn sie waren nicht viel wert. Sie mussten als Erste dran glauben und stachen sich gegenseitig ab, bevor die Großen sich überhaupt bewegten. Auf dem Schachbrett gab es drei Dimensionen wie in der Physik: Materie, Raum und Zeit. Wenn man es genau betrachtete, war Schach ein philosophisches Spiel, ein Gleichnis. Zunächst einmal ging es um Initiative. Der eine agierte, der andere reagierte. Am Anfang stand es gleich. Weiß durfte anfangen und hatte deshalb einen minimalen Zeitvorteil. Zeit war gleichbedeutend mit Entwicklung, und Entwicklung bedeutete Initiative. Sinzig fand die meisten aktuellen Turnierpartien langweilig: Das Material stand immer gleich, Schwarz gewann ein Tempo, Weiß sicherte sich einen kleinen Raumvorteil ... Es wurde um minimale Vorteile geschachert. Sinzig liebte es, wenn man die Lage nicht mehr überblicken konnte. Deshalb opferte er so gerne Bauern, gewann Zeit und sicherte sich Initiative und einen Raumvorteil. Das Brett brannte: Entweder würde es Sinzig gelingen, mit einem Angriff die gegnerische Festung sturmreif zu schießen. Oder die Verteidigung hielt stand, und Sinzig fände sich in einem verlorenen Endspiel wieder, wo ihn die materielle Überlegenheit des Gegners erdrücken würde. Es war aber gar nicht so leicht, heutzutage solche Partien aufs Brett zu kriegen. Die meisten Spieler nahmen Sinzigs Bauernopfer nicht an oder gaben sie gleich wieder zurück. Fast niemand ließ sich noch darauf ein, auf diesen Tauschhandel Material gegen Zeit und Raum. Nur Anfänger und Stümper waren so aufs Material versessen, dass sie sich an einen Mehrbauern klammerten, immer wieder die geschlagenen Figuren zählten und die brenzlige Lage auf dem Brett übersahen: den gefährlichen Angriff am Königsflügel. Sogar mittelmäßige Schachspieler wussten, dass Gier sich in den seltensten Fällen lohnte.

13. Untreue

Seine beiden Männer waren wieder auf ihren Posten. Manderscheid hatte die Mittagspause erfolgreich überbrückt. Er selbst würde nur kurz eine Bratwurst essen gehen. Auch vom Wurststand aus hatte er das Parkhaus gut im Blick. Drei Euro! Der Preis war ganz schön gesalzen für diese kleine Wurst, eigentlich wurde man nicht richtig satt davon. Aber Manderscheid hatte es nach dem Aufstehen nicht mehr geschafft, sich ein paar Brote zu schmieren. Für drei Euro hätte er sich jedenfalls eine Menge Brote schmieren können. Aber das war jetzt egal. Er würde sich heute einfach diese Bratwurst leisten und fertig. So arm war er auch noch nicht, Unterhalt hin oder her. Beim Prozess hatte der Gutachter so lange in der Vergangenheit herumgestochert, bis Manderscheid tatsächlich die Beherrschung verlor und anfing zu schreien. Er solle doch endlich aufhören, immer wieder diese alte Scheiße aufzuwirbeln. Irgendwann war es einfach gut damit! Der Tod seiner beiden Kameraden war schlimm genug.

Warum nur war er danach mit dieser Sanitäterin ins Bett gegangen? Und warum hatte die blöde Kuh nichts Besseres zu tun gehabt, als einer Frauenzeitung ein Interview zu geben? Und warum hatte diese verdammte Frauenzeitung ausgerechnet Manderscheids Foto abgedruckt mit einem schmalen schwarzen Balken über den Augen, als wäre er ein Verbrecher? Und warum hatte seine Frau beim Friseur ausgerechnet diese Zeitung durchgeblättert? Man konnte Manderscheid vieles nachsagen. Er war detailversessen, penibel, nachtragend, streng, manchmal auch kalt und unbarmherzig, sehr preußisch ... Aber in der Ehe war er nie untreu gewesen. Keine Ahnung, was ihn an diesem Abend geritten hatte. Es hätte wirklich andere Kameraden gegeben, mit deren Foto man einen Bericht über »Soldatensex in Afghanistan« hätte illustrieren können ...

14. Die Quadratur des Schnitzels

Der Coup mit der Allianz hatte für Raimund noch ein Nachspiel gehabt. Es war der Montag darauf. In der Kantine gab es Lummerspitzen auf Käsebett. Raimund und die anderen Jungs vom Front Desk standen gerade an der Kasse und staunten nicht schlecht, als der n+3 höchstpersönlich schnurstracks auf Raimund zukam: »Ich habe dringend mit Ihnen zu sprechen. Ein Junior Trader hat keine Alleingänge zu machen.« Raimund rechnete mit dem Schlimmsten: Er hatte sein Limit überschritten und das System durch Scheingeschäfte ausgetrickst. Er hatte sich das nicht ausgedacht. Das machten die anderen Trader auch, das wusste er aus seiner Zeit als Assistent. Es gab keinen qualitativen Unterschied, aber einen quantitativen. Er hatte es zu weit getrieben. Er war ein zu hohes Risiko eingegangen. Raimund hatte überhaupt keinen Appetit mehr. Aber das Essen runterzukriegen war sicher sein geringstes Problem. In all den Jahren bei der Bank hatte der n+3 noch nie mit ihm gesprochen.

Vielleicht würde er es bei einer Abmahnung belassen. Raimund würde alle seine Fehler eingestehen, sich zerknirscht und reuig geben…

Der n+3 hatte schon angefangen zu essen. Auf seinem Teller lag ein rechteckiges Wiener Schnitzel mit Kroketten, daneben stand eine kleine Schale mit Gurkensalat. Der n+3 schnitt das Fleisch sektorenweise zu mundgerechten Quadraten, die er sich sodann Stück für Stück einverleibte. Bevor Raimund zu ihm an den Tisch gekommen war, hatte der n+3 offenkundig die Schnitzelränder begradigt. »Ist Ihnen klar, dass Sie derart spekulative Geschäfte nicht machen dürfen?« Während der n+3 akkurat tranchierte, brachte Raimund keinen Satz zu Ende. In seinem Gestammel tauchten die Wörter »Bedauern«, »hoffentlich« und »Chance« mehrmals auf. Als fünf weitere Schnitzel-Quadrate zugeschnitten waren, sah der n+3 auf und schwadronierte von seinem neuen Zweitwagen: BMW oder Mercedes, das sei eine Gewissensfrage. Sportlichkeit oder Eleganz. Es war auch eine Frage des Alters. Früher, als der n+3 noch in Raimunds Alter gewesen sei, habe sich diese Frage noch nicht gestellt. Aber man wurde nun einmal nicht jünger, auch der n+3 nicht. Bevor er sich wieder dem Zuschnitt des Schnitzels widmete, fragte er unvermittelt: »Woher wussten Sie, dass die Allianz so abschmieren würde?« Diesmal betrachtete der n+3 Raimund sehr genau, als der vom 10. September 2001 berichtete und von den Schockwellen, die dem Erdbeben vorausgegangen waren. Dennoch gelang es dem n+3, das Schnitzel in akkurate Häppchen zu zerteilen. Er führte das Messer geschickt und unterbrach den Schneidevorgang auch nicht, wenn er Rückfragen hatte. Es schien dem n+3 sehr daran gelegen zu sein, Raimunds Strategie im Detail zu verstehen. Raimund fühlte sich geehrt, dass der n+3 ihm so viel Aufmerksamkeit schenkte. Wie zum Dank für die wertvollen Informationen bot der n+3 Raimund den Gurkensalat an – zu gesund – und läutete damit den geselligen Teil des Arbeitsessens ein: Frauenfußball. Raimund pflichtete dem n+3 bei und versuchte irgendwie auch den Gurkensalat runterzukriegen. Es sah nicht danach aus, dass der n+3 ihn fristlos kündigen würde. Offenbar war er noch mal mit einem blauen Auge davongekommen. Der n+3 hatte gar nichts mehr gesagt zu der Allianz-Transaktion. Hieß das, dass er Raimunds Geschäft stillschweigend billigte? Raimund musste sich noch eine Weile gedulden, bis er die Antwort erfuhr. Raimund solle den n+3 nicht falsch verstehen. Im Allgemeinen sehe er gerne Frauen zu, zum Beispiel bei der Hausarbeit oder auch sonst, aber ... Unvermittelt beendete der n+3 das Mittagessen: »Herzlichen Glückwunsch zu der Transaktion. Wir haben Ihren Spieleinsatz erhöht und Ihre Limits verdoppelt.« Raimund verstand die goldene Regel: Solange man gewinnt, ist alles erlaubt.

15. Risikomanagement

Obwohl Sedelmayr sich sofort nach Erhalt der dritten Wurst auf den Weg zur Bäckerei gemacht hatte,
hatte die Mittagspause nicht mehr gereicht. Normalerweise aß Sedelmayr immer noch ein süßes Teilchen: meistens eine Rosinenschnecke oder eine Pud-
dingbrezel. Aber die Schlange beim Bäcker war zu
lang gewesen. Deshalb musste er wieder zurück zum
Turm. Sein Chef nahm es sehr genau mit den Pau-
senzeiten. Aber ansonsten war die Bank ein passa-
bles Objekt. Das Angebot in der Umgebung war
hervorragend. Es gab nicht nur einen Bratwurst-
stand und eine Bäckerei, sondern auch zwei Türken
und einen Italiener, der backte super Pizza, dick belegt mit Käse und Salami. Vielleicht hätte er heute
zum Italiener gehen sollen, weil an der Bratwurstbude so viel los gewesen war. Andererseits: Hätte
er sich seine drei Würstchen auf einmal geben lassen, hätte die Zeit bestimmt noch für den Bäcker gereicht. Jetzt würde er den ganzen Nachmittag diesen
würzigen Nachgeschmack im Mund haben. Das war

die reinste Folter. Vor seinen Augen lockte auf der anderen Straßenseite die Bäckerei. Er konnte mit bloßem Auge die süßen Teilchen liegen sehen: Berliner, Mohn- und Käsekuchen, Rosinenschnecken und Puddingstreusel. Plunderstücke aß er auch, aber nur im Notfall. Immer noch besser als gar kein Nachtisch, verdammt. Wenn Sedelmayr einen günstigen Moment abpasste … Es würde nur fünf Minuten dauern, schnell rüber zum Bäcker zu huschen und eine Rosinenschnecke zu ergattern. Er durfte sich nur nicht von Manderscheid erwischen lassen. Der bewachte offiziell zwar die andere Seite des Gebäudes. Aber eigentlich bewachte er vor allem Sinzig und ihn, damit sie immer schön ordentlich auf ihrem Posten blieben. Manderscheid hatte ihn schon zweimal mit einem Nachtisch erwischt, beim Essen während der Dienstzeit. Da kannte er keinen Spaß. Beim letzten Mal hatte Manderscheid noch ein Auge zugedrückt und den Chef in der Firma nicht darüber informiert. Beim nächsten Mal gäbe es kein Pardon. Das Hauptrisiko bestand darin, sich jetzt noch die Rosinenschnecke zu holen. Ein gewisses Risiko war aber auch damit verbunden, das süße Teilchen während der Dienstzeit zu verspeisen. Wenn Sedelmayr Manderscheid den Rücken zuwandte, konnte dieser natürlich nicht erkennen, dass er gerade ein süßes Teilchen schnabulierte. Er hatte ja schließlich nicht überall Augen. Aber manchmal, sehr selten, verließ Manderscheid auch seinen Posten und umrundete das Objekt. Dann konnte es vorkommen, dass er aus dem Nichts um die Ecke bog. So hatte er ihn das letzte Mal erwischt. Bislang hielt Sedelmayr den Appetit auf den Nachtisch noch ganz gut aus. Außerdem hatte der Doktor ihn vor zu vielen Süßigkeiten gewarnt. Sedelmayr würde lieber nichts riskieren.

16. Patrouille in Bredouille

Die Mittagspause war die gefährlichste Zeit des Tages gewesen, in dieser Zeitspanne war ein Angriff des Feindes am wahrscheinlichsten. Manderscheid patrouillierte im verkehrsberuhigten Bereich auf und ab, am Fuß des Turms, immer wieder vorbei an der Tiefgarage. An den Ecken des Gebäudes spähte er aus, ob Sinzig und Sedelmayr ihre Posten hielten. Noch drei Stunden bis Dienstschluss. Es war ruhig, nichts deutete darauf hin, dass die Sicherheit des Objektes heute noch in Gefahr geraten könnte. Dennoch ermahnte sich Manderscheid zur Wachsamkeit. Das Heimtückische an solchen latenten Bedrohungslagen war, dass man sich allzu leicht in falscher Sicherheit wiegte. Der Feind konnte in aller Ruhe die Stellung auskundschaften, den Angriff planen und den bestmöglichen Zeitpunkt wählen. Der Verteidiger musste versuchen, alle Eventualitäten vorherzusehen, für jedes Bedrohungsszenario gerüstet und in jedem einzelnen Moment gefechtsbereit zu sein. Natürlich waren Manderscheid und

seine Männer keineswegs für alle Szenarien prä-
pariert. Abgesehen von der miserablen physischen
Konstitution, der unzureichenden Ausbildung und
der verheerenden Kampfmoral seiner Männer war
auch die Ausrüstung ein Desaster. Die Stationie-
rung des FlaRak Raketensystems Roland hatte er
schon aufgegeben, aber kugelsichere Westen wären
eigentlich Pflicht. Überhaupt war es unverantwort-
lich, dass sie ganz auf Aufklärung verzichteten. Im
Ernstfall waren er und seine Männer nichts als bil-
liges Kanonenfutter. Man hoffte darauf, dass Manderscheid im Falle eines Angriffs rechtzeitig Hilfe
anforderte. Wenn man es recht besah, waren sie
mit einem passablen Funksystem so ausgerüstet wie
ein Spähtrupp. Leichte Bewaffnung, und das war's
auch schon. Mit Objektschutz im eigentlichen Wort-
sinn hatte das nichts zu tun. Niemals wäre er in der
Lage gewesen, mit seinen Männern das Objekt zu
schützen, geschweige denn unter Beschuss dessen
Sicherheit zu gewährleisten. Zu dritt in eine Ge-
fechtssituation zu geraten wäre das reinste Himmel-
fahrtskommando. Immerhin trug er eine Maschinenpistole. Die Firma wollte ihn ursprünglich mit
der Pistole P1 ausrüsten! Dabei war die P1 nur eine
Waffe zur Selbstverteidigung: Kampfentfernung
50 Meter, Magazin von gerade einmal acht Patro-

nen. Er brauchte zur Erfüllung seines Auftrages wenigstens eine Nahkampfwaffe. Eine Maschinenpistole war wirklich das absolute Minimum. Neben Einzelfeuer konnten auch mehrere kurze Feuerstöße abgegeben werden. Das Magazin nahm 32 Patronen auf. Die Kampfentfernung bis zu 100 Metern war eigentlich zu gering, ideal wäre ein Maschinengewehr: Kampfentfernung bis 600 Meter, 50 Patronen je Gurt. Aber davon hatte niemand etwas wissen wollen. Das sähe viel zu martialisch aus. Ging es ums Aussehen oder um die Sicherheit?

Manderscheid war immer ein guter Schütze gewesen. Bereits in der Grundausbildung hatte er das Schießen mit Handwaffen so erlernt, dass er den Feind bei Tag und bei Nacht mit treffsicherem Schuss vernichten konnte. In seiner Zeit als Unteroffizier hatte er die Grundwehrdienstleistenden (GWDL) im Umgang mit Handwaffen ausgebildet. Für die Abgabe eines treffsicheren Schusses muss der Schütze das Inanschlagnehmen, Zielen und den Schießrhythmus beherrschen. Alles war eine Frage der richtigen Atemtechnik. Atmen war Schießen, Schießen war Atmen: Beim Einatmen bringt der Schütze die Waffe in Anschlag und entsichert dabei. Beim Ausatmen umfasst der Schütze mit der rechten Hand fest den Griff der entsicherten Waffe, Daumen von hinten, drei Finger von vorn, der Zeigefinger an der unteren Kante des Abzugsbügels, ohne die Hand zu verdrehen. Dann zieht der Schütze die Waffe ein, zielt, nimmt Druckpunkt, atmet zur Hälfte ein und hält die Luft an. Unmittelbar nach dem Anhalten der Luft oder ein bis zwei Sekunden später krümmt der Schütze ab. Der Körper muss völlig ruhig sein, die Visierlinie zeigt auf das Ziel. Die ersten beiden Glieder des Zeigefingers werden zurückgeführt, bis der Druckpunkt überwunden ist und der Schuss bricht. Der Druck des Zeigefingers hat in einem Zug zu erfolgen. Reißt der Schütze den Abzug zurück, so überträgt sich diese Bewegung auf die Waffe, und die Visierlinie wandert aus. Das Abkrümmen muss fast unbewusst gelingen: Der Knall des Schusses sollte idealerweise den Schützen selbst überraschen.

Manderscheid hatte gerne GWDL ausgebildet. Schießausbildung und Schulschießen waren in seine Zuständigkeit gefallen. Schießlehre war seine Spezialität. Während die Kameraden auf der Stube ihr Bierchen tranken, hatte er auf dem Bett gelegen und Literatur aus den Offizierslehrgängen gelesen. Dafür hatte er sich oft blöde Kommentare anhören müssen, auch vom Leutnant. Anders als die anderen Unteroffiziere hatte Manderscheid gern Abiturienten ausgebildet. Sie waren offen für die Zusammenhänge von Anfangsgeschwindigkeit, Schwerkraft, Drall, Geschossflugbahn, Abgangsrichtung und Rohrmittellinie. Besonders interessierten GWDLs hatte Manderscheid nach Dienstschluss zusätzliche Erklärungen gegeben. Theorie war nicht alles. Jeder Soldat muss bereit sein, ausdauernd zu kämpfen, als Kamerad zu bestehen, sich gefechtsmäßig zu verhalten, den Feuerkampf erfolgreich zu führen und zu überleben. Manche Abiturienten waren verweichlicht. Fast keiner hatte gelernt, Befehle auszuführen. Manderscheid hatte stets wiederholt, dass die äußere Ordnung im militärischen Dienst ebenso unerlässlich war wie die Ausprägung von routinierten Handlungsabläufen. Der Formaldienst bezweckte das Einüben solcher Verhaltensformen, etwa beim Gruß, beim Antreten und bei Bewegungen von Einheiten. Das Schöne war: Die äußere Ordnung strahlte auf die Persönlichkeit der GWDL zurück. Es fing schon bei der Grundstellung an: Was war das jedes Mal für ein Kampf, bis seine Mannschaft mit aufgerichtetem Oberkörper, vorgewölbter Brust, aufrechter Kopfhaltung und geschlossenem Mund vor ihm stand, ohne dass irgendein Träumer auf den Boden guckte. Manderscheid war nicht nur verantwortlich für Disziplin und Ge-

horsam seiner GWDL, sondern auch für den Team-
geist. In der Regel arbeitete er genau zwölf Wochen
mit ihnen zusammen. Nur wenn auch Kamerad-
schaft in die Stuben seiner Mannschaft eingezogen
war, war Manderscheid zufrieden gewesen ... Sedelmayr lümmelte an der Wand und sah sehnsüchtig
auf die andere Straßenseite zum Bäcker. Dieser Typ
war weder Krieger noch Wachmann, sondern gierig
und verfressen.

17. Der Wettkönig

Raimund dachte nur noch an den großen Wurf. Heute würde er ihn wagen. Bei der letzten Finanzkrise hatten einzelne Trader Milliarden gemacht. Er würde auf DAX-Derivate short gehen, im großen Stil. Jetzt sofort. Heute musste es sein. Danach hatte er Zeit, konnte abwarten, musste die Position nicht sofort glattstellen, auch wenn sie für eine Weile ins Minus drehte. Notfalls musste seine Kriegskasse dran glauben. Es war nicht Raimunds Sache, ein Polster für schlechte Zeiten anzulegen. Und auch dieses dauernde Hamstern langweilte ihn. 300.000 hier, 1.200.000 dort. Das war doch lächerlich, so spannend wie Murmeln spielen. Seine Kriegskasse hatte nur einen Sinn, wenn Raimund sie einsetzte. Und das tat er jetzt: Öl spielte total verrückt. Die Kontrahenten würde er wie immer nicht ins System eintragen, vorerst, damit der n+1 und der n+2 sich dumm stellen konnten. Er hatte 10.000.000 Puffer. Raimund schwitzte, und es dauerte nicht lang, bis er Kontrahenten gefunden hatte für seinen Big

Short. Der Markt wurde zum Ende des Handelstages schwächer und Raimund übermütig. Wenn es klappte und der Dax nur um 500 einbrach, würde er 1.000.000.000 machen … Zeit, sich ein bisschen abzulenken. Der neue Kollege am Front Desk, wie hieß er doch gleich, Patrick. Die Schonzeit für das Küken war vorbei. Es war an der Zeit, ein bisschen mit ihm zu spielen. Warum sollte es ihm besser gehen als den anderen Neuen? »Hey Patrick, wenn jemand neu ist, machen wir zum Einstand immer 'ne Wette.« »Du gegen uns vier, einer gegen alle, du verstehst?« »Wie schließt morgen der DAX?« »Wenn du richtig liegst, legen wir vier zusammen und laden dich ein!« »Bei einem Prozent Toleranz!« »Wozu denn?« Die Jungs feixten. »Überraschung.« »Und wenn nicht, gibt's Ohrfeigen.« »Kneifen gilt nicht.« »Das machen wir immer so.« »Pro angefangenes Prozent drüber oder drunter kriegst du eine links und eine rechts.« »Von jedem von uns!« »Ohne Toleranz!« »Ich weiß nicht …« »Sei kein Spielverderber.« »Das ist echt lustig.« »Aber ich könnte euch doch einladen.« »Wir hauen nicht fest zu.« Die Jungs bemühten sich, nicht zu kichern. »Das mit den Ohrfeigen ist eher symbolisch gemeint.« »Feigen sind ja an und für sich auch eine süße Frucht.« »Ist eigentlich fast eher ein Streicheln.« »Dabei kommt man sich näher.« »Und keine Sorge, wir sind nicht schwul oder so was.« »Das ist immer lustig!« »Wenn ihr meint, na gut.«

18. Murphys Opfer

Sinzig liebte alte Partien. Damals wurde ein ganz anderes Schach gespielt: romantisch. Schon die Namen der Spieler klangen ganz anders: Captain Evans gegen Zuckertort. Das waren Ehrenmänner, nicht nur Russen wie heutzutage. Schach, das war ein Duell. Der eine opferte ein, zwei Bauern oder am besten gleich die Qualität. Und der Gegner nahm das natürlich an, das war Ehrensache. Möge der Bessere gewinnen. Die waren damals auch nicht blöd, Lionel Kieseritzky und wie sie alle hießen. Die wussten auch, dass der Gegner die Initiative übernahm, wenn man jeden Bauern schluckte. Aber es ging damals nicht nur ums Gewinnen. Das war eine Frage der Ästhetik: Es ist einfach wunderschön, wenn ein Mattangriff gelingt und der König auf offenem Feld zur Strecke gebracht wird. Ein Opfer annehmen hieß, dem Gegner die Bühne für ein Schauspiel zu überlassen. Auch der Unterlegene freute sich am Zauber, der von solchen Partien ausging. Aber selbst wenn Sinzigs Gegner ihn nicht zaubern ließen, sondern lieber auf Nummer sicher gingen: Kommenden Sonntag hatte Sinzig einen Mannschaftskampf gegen Frankfurt 1876. Die letzten zwei Wochen hatte er Dr. Hohmanns alte Partien in der Datenbank gesichtet. Wenn er wie immer 1.d4 spielte, würde Sinzig nach 1.… d5 2.c4 seine Geheimwaffe auspacken: 2.… e5: Albins Gegengambit. Es wäre das erste Mal, dass Sinzig Albins Gegengambit in einer Turnierpartie einsetzen würde. Dr. Hohmann würde ganz schön blöd aus der Wäsche gucken. Niemand rechnete damit, dass Sinzig schon in der Eröffnung zwei Bauern opferte. Wenn man Albin nicht gut kannte, erhielt Schwarz fast immer die Initiative, auch wenn Weiß den Bauern ablehnte. Man musste den Bauern einfach lange genug als Köder stehen lassen, bis Weiß gar nicht mehr anders konnte, als ihn zu schlucken. Sinzig hatte Murphys legendäres zweites Bauernopfer von Fritz, seinem Schachprogramm, analysieren lassen. Er hatte Fritz über Nacht laufen lassen. Er musste immer warten, bis Mami im Bett war. Die mochte es nämlich nicht, wenn der Computer die ganze Nacht hindurch Varianten berechnete. Fritz hatte zwar eine korrekte Verteidigung gefunden. Aber es war mehr als fraglich, ob Dr. Hohmann ihm das am Brett auch zeigen

konnte. Sinzig würde Dr. Hohmann auf völlig un-
bekanntes Terrain locken und ihn dort kaltblütig
niedermetzeln.

19. Bestimmungen

Beim Umgang mit der Waffe galten die folgenden zehn Sicherheitsbestimmungen, die strikt und ohne Wenn und Aber zu beachten waren:

Erstens. Vor jedem Waffenreinigen ist die Sicherheitsüberprüfung vorzunehmen. Das Patronenlager muss frei, das Magazin entnommen und die Waffe gesichert sein.

Zweitens. Ist der Ladezustand unbekannt, so ist das Gewehr zu handhaben, als sei es geladen.

Drittens. Das spielerische Zielen auf Menschen ist verboten. Sowohl mit geladenem als auch mit ungeladenem Gewehr.

Viertens. Es ist erst unmittelbar vor dem Anschlag zu entsichern. Die Mündung muss grob in Zielrichtung zeigen.

Fünftens. Bei Bewegungen, Ladetätigkeiten und zur Sicherheitsüberprüfung ist die Mündung in eine Richtung zu halten, die Gefährdung von Personen und Sachen ausschließt.

Sechstens. Das Gewehr darf nur mit Meldung des Ladezustandes übergeben werden, zum Beispiel »Gewehr entladen, Patronenlager frei, entspannt und gesichert«.

Siebtens. Geladene Gewehre dürfen nicht aus der Hand gelegt werden.

Achtens. Alle Ladebewegungen sowie das Zerlegen und Zusammensetzen sind nur im gesicherten Zustand auszuführen.

Neuntens. Nach dem Verschießen von 100 Gefechtspatronen oder 60 Übungs-/Manöverpatronen muss das Rohr auf Handwärme abkühlen, bevor weitergeschossen werden darf.

Zehntens. Bei der Handhabung, dem Zusammensetzen und Reinigen der Waffe darf keine Gewalt angewendet werden.

Das vornehmste Ziel in der Ausbildung war für Manderscheid jedoch immer die Eigenverantwortung des Soldaten im Umgang mit der Waffe gewesen. Deshalb setzte er auf Einsicht seiner Männer anstatt, wie viele seiner Kollegen, auf Drill.

Auch die Reinigung der Waffe war weder Selbstzweck, noch durfte sie zur Disziplinierung missbraucht werden. Die Reinigung war notwendig, um die Funktionsfähigkeit der Waffe zu gewährleisten und lag deshalb im vitalen Eigeninteresse des Soldaten.

Die gewöhnliche Reinigung ist *nach jedem Gebrauch* vorzunehmen, dabei ist die Waffe aber nur dem Verschmutzungsgrad entsprechend zu zerlegen. Die beweglichen Teile sind mit Pinsel und Lappen zu reinigen und anschließend leicht einzuölen. Das Rohrinnere wird mit dem Docht gereinigt und danach mit der mit Waffenöl getränkten Ölbürste eingeölt.

Die Hauptreinigung ist *nach jedem Schießen* und *nach jeder Feuchtigkeitseinwirkung* durchzuführen. Hierzu wird die Waffe in alle Haupt- und Einzelteile zerlegt. Das Rohrinnere wird unmittelbar nach dem Schießen so lange gereinigt, bis der Reinigungsdocht nach mehrmaligem Durchziehen sauber bleibt. Können feste Rückstände, zum Beispiel nach dem Schießen mit Leuchtspurmunition, nicht entfernt werden, so ist das dem nächsten Vorgesetzten zu melden.

Auch vor jedem Schießen darf die Waffenpflege nicht vernachlässigt werden. Das Rohr ist mit einem sauberen Docht zu entölen.

Zur allgemeinen Erheiterung seiner Mannschaft bezeichnete Manderscheid den pfleglich-behutsamen Umgang des Soldaten mit seiner Waffe als ideale Vorbereitung auf die Ehe. Von einem bloßen

Abspulen routinierter Handgriffe riet Manderscheid grundsätzlich ab. Der gute Soldat zeichnete sich wie der gute Ehemann dadurch aus, dass er seine Pflicht mit Liebe verrichtete. Außerdem durfte der Soldat beim zärtlichen Umgang mit seiner Gattin keinesfalls Waffen- und Massageöl miteinander verwechseln.

Im Einsatzfall hatte der Vorgesetzte gar keine Zeit, seine Männer dauernd zu kontrollieren. Dann zeigte sich sehr schnell, ob Soldaten eigenständig, nachhaltig und verantwortungsbewusst mit ihren Waffen umgingen oder ohne Einsicht irgendwelche Regeln befolgten. Wie dressierte Affen in Uniform.

20. Reif

Raimund verstand die Welt nicht mehr: Alle Pfeile zeigten nach unten. Sogar die FED hatte das Ende des billigen Geldes angekündigt... Doch den DAX störte das nicht. Er kletterte und kletterte... Mal langsam, dann wieder schneller. Und die Rücklagen unter Raimunds Carpet schwanden und schwanden... In den letzten Tagen hatte er schon 5.000.000 Miese gemacht... Er brauchte Geduld. Durfte die Nerven nicht verlieren. Er rief sich in Erinnerung, warum der Einbruch endlich fällig war: der sogenannte Rettungsschirm, Amerika, die Zinspolitik... Raimund zwang sich zur Ruhe. Der DAX war einfach reif... Er sah nicht mehr hin... Er erledigte in Ruhe seine Aufgaben als Marketmaker... notierte Kurse... kaufte und verkaufte... long und short... alles innerhalb der Limits... ganz ruhig... als liefe nicht gerade sein Big Short... als wäre die Börse ein großer Ponyhof... als führte man ihn an der kurzen Leine immer im Kreis... Patrick hatte schon wieder recht gehabt. Jetzt schuldeten er und die anderen ihm über 2.000. 2.000, wie lächerlich! Er hatte gerade 5.000.000 Euro verloren... Nein, 5.300.000 waren es inzwischen. Zur Abwechslung würde er ein bisschen mit steigenden Kursen zocken... Er durfte nicht übertreiben... Aber vielleicht konnte er die Verluste dann wenigstens ein bisschen begrenzen. Die Risiken hedgen... Eigentlich hatte er ja genau das nicht gewollt bei seinem Big Short. Risikomanagement. Vorsichtsmaßnahmen. Das war ja gerade das Besondere am Big Short, alle Sicherheiten fahren zu lassen... 2011 hatte Kweku Adoboli in London 2.300.000.000 $ verzockt. Bei der UBS. Jérome Kerviel hatte 2008 4.000.000.000 € der Societé General in den Sand gesetzt. Dagegen war Nick Leeson 1995 mit seinen 827.000.000 £ ein Waisenknabe. Wie mochten die sich gefühlt haben? Raimund hatte gerade mal 5.300.000 verloren, aber bisher war das nur Buchgeld. Er hatte nichts glattgestellt. Er musste noch nichts glattstellen. Er hatte noch immer 4.700.000 unterm Carpet. Raimund musste in erster Linie einen kühlen Kopf bewahren... Patrick hatte richtig gelegen mit seinem Tipp auf den DAX. Er würde ihn zusammen mit den anderen überreden, die Wette zu verlängern... Heute hatte Patrick schon ein paarmal die Arme hochgerissen. Zu gerne würde er diesem Scheißanfänger mal so richtig eine aufs Maul hauen... »Gut gemacht, Patrick!« »Siehst du, so schön sind unsere Wetten.« »Respekt.« »Und wann machen wir einen drauf?« »Heute geht es bei mir nicht.« »Und morgen habe ich schon was vor.« »Wollen wir unsere Wette nicht noch fortsetzen?« »Jetzt wird es gerade erst spannend.« »Ich weiß nicht, also eigentlich...« »Sei kein Spielverderber.« »Doppelter Einsatz.« »Noch ein richtiger Tipp, und du kriegst 2.000 von jedem.« – Der DAX blähte sich mehr und mehr auf. Wie der abgelaufene Joghurt, der ewige und einzige Statist in Raimunds Kühlschrank. Irgendwann ließ der Markt die Luft raus, hoffentlich rechtzeitig. »Sagen wir drei Prozent Toleranz? Wir wollen nicht, dass du Schläge bekommst.« Die Jungs glucksten. »Das ist doch fair!« »Ich weiß nicht.« »Stell dich nicht so an.« »Als wir neu waren, haben wir das auch durchgemacht.« »Na gut.« Morgen war Patrick reif.

21. Angst

Sedelmayr hatte sich früher viel mehr getraut. Selbstverständlich hatten sie dem Chef damals nichts gesagt von den doppelten Haushaltsgeräten. Sonst hätte der Chef die Villa zuerst durchkämmt und nix mehr übrig gelassen. Sedelmayr war ganz schön alt geworden, und vor allem feige. Früher, als junger Mann, war er viel unbeschwerter und mutiger gewesen. Es war ihm egal gewesen, dass er den Job in der Spedition einfach verloren hatte. Jobs gab es doch überall, wenn man anpacken konnte. Mit den Jahren war er vorsichtiger, ängstlicher geworden. Den meisten Menschen ging es so. Alte hatten mehr zu verlieren. Zumindest dachten alte Menschen, sie hätten etwas zu verlieren. Dabei hatten sie vor allem die Hoffnung verloren, die Hoffnung, etwas zu gewinnen. Früher war Sedelmayr Motorrad gefahren, am Wochenende hatte er mit seinen Biker-Freunden Touren ins Elsass unternommen. Sie waren für einen Nachmittag 500 Kilometer in die Niederlande gefahren, um an der besten Imbissbude Hollands Pommes und eine Frikandel zu essen. Auf der Autobahn waren sie mit 160 Sachen auf der Überholspur im Konvoi gefahren. Jeder durfte mal nach vorne, wie in einer Formation Zugvögel hatten sie sich abgewechselt. Das war wunderschön gewesen. Zehn Jahre war es jetzt her, dass er seine gute dicke Bertha verkauft hatte. Einmal war er gestürzt, eine kleine Ölspur im Stadtverkehr hatte ihn aus dem Sattel gehauen. Es war nichts passiert, kein Fahrzeug hinter ihm, die ganze Fahrbahn war leer gewesen. Er hatte sich noch nicht einmal das Knie aufgeschürft. Aber bei dieser Aktion hatte er das Vertrauen in die Maschine verloren. Zunächst war ihm das gar nicht bewusst gewesen. Aber danach hatte er seine gute dicke Bertha nie mehr angefasst. Die Hoffnung verliert man nicht auf einen Schlag. Man gibt sie nach und nach auf, ohne es zu bemerken. Und irgendwann war es so weit gewesen, und er hatte seine gute dicke Bertha verkauft.

22. Tapferkeit

Manderscheid machte sich nichts vor. Im Feuerkampf wären er und seine beiden Männer chancenlos. Manderscheid war eine lebende Zielscheibe, ein Pappkamerad für den Feind, der aus der versteckten Stellung einen Überraschungsangriff vorbereitete. So war es Klaus und Manfred auch ergangen in Afghanistan. Auf einmal waren sie tot, wurden in einen Sarg gelegt und nach Deutschland geflogen. Der Hauptmann hatte eine rührende Rede gehalten. Zumindest damals hatte die Rede Manderscheid berührt: Die beiden hätten der Bundesrepublik Deutschland treu gedient und das Recht und die Freiheit des deutschen Volkes tapfer verteidigt. Dann hatte er noch von den außergewöhnlichen Bedingungen und Gefahren des Soldatenberufes gesprochen und von der Ehre des Soldaten. Die beiden seien nicht umsonst gestorben, sondern für ihr Vaterland. Irgendwann hatte Manderscheid sich gefragt, ob die Freiheit des deutschen Volkes überhaupt jemals bedroht gewesen war. Noch dazu in

Afghanistan. Der Tod wäre vermeidbar gewesen. Mit einem modernen Kampf- und Aufklärungshubschrauber hätte man selber das Feuer eröffnen und den Feind im Hinterhalt niederkämpfen können. Aber die Bundesrepublik Deutschland schaffte keine Kampf- und Aufklärungshubschrauber an. Sie brauchte kein Kriegsgerät, der Einsatz diente der Friedenserhaltung. Sonst hätte der Bundestag nicht zugestimmt. Die Bundeswehr bestand auch nicht aus Soldaten, sondern aus Friedensengeln, und die brauchten keine Kampf- und Aufklärungshubschrauber. Friedensengel waren unverwundbar. Das dachten jedenfalls die Politiker. Hatte der Hauptmann das gemeint mit »Ehre des Soldaten«? Klaus und Manfred waren Kanonenfutter gewesen, Bauernopfer. So wie Manderscheid selbst auch Kanonenfutter wäre, sobald wirklich jemand auf die Idee käme, die Bank anzugreifen. Was mit Manderscheid nach DZE (Dienstzeitende) passierte, war der Bundesrepublik Deutschland doch auch egal. Natürlich gab es das Programm zur Wiedereingliederung ins zivile Leben. Das war noch schlechter organisiert als das Arbeitsamt. Da wurden mechanisch die Vorgaben abgespult, und am Ende musste jeder selber sehen, wo er blieb. War das die Ehre des Soldaten? Vor Gericht hatte Manderscheid sich anhören müssen, dass er nicht mehr ganz dicht sei seit Afghanistan. Auf keinen Fall könne so ein gestörter Veteran das Sorgerecht für seine Kinder behalten. Er bekam weniger als sieben Euro in der Stunde für seinen Job als Wachmann, dabei hatte er mehr Ahnung von Verteidigung und Feuerkampf als all seine Vorgesetzten zusammen. War das die Ehre des Soldaten? Manchmal wünschte sich Manderscheid, dass es nicht Klaus und Manfred, sondern ihn getroffen hätte... die Scheidung... sein neunmalkluger Chef... dass er Kevin und Niko nicht mehr sah... fast einen Monat war das jetzt her... vieles, so vieles wäre ihm erspart geblieben. Vielleicht war es ja bald vorbei. Vielleicht würde der Feind ihn morgen schon erlösen, in der Mittagspause. Dann hätte Manderscheid es hinter sich, das Leben, dieses kleine Stück Dreck. Vielleicht würden die ersten Schüsse ihn sogar verfehlen. Oder ihn zumindest noch nicht kampfunfähig machen. Dann hatte er zwei Möglichkeiten: 1. Sich flach auf den Boden werfen. Anschlag über Kimme und Korn, liegend freihändig aus offener Deckung weiterkämpfen, bis der Feind ihn niederstreckte. 2. Mit fliegenden Fahnen untergehen. Manderscheid würde sich für die zweite Option entscheiden! Er wollte als mutiger Kämpfer fallen, wenn schon nicht im Krieg für Volk und Vaterland, dann wenigstens für seine Soldatenehre: Annäherung an die feindliche Stellung im Sturmangriff. Beim Sturmschießen gibt der Soldat im Rhythmus des Laufens Einzelschüsse aus dem Hüftanschlag ab und korrigiert dabei den Haltepunkt nach der Lage der Geschosseinschläge. Waffe möglichst ruhig halten, vorstürmen und beim Aufsetzen des linken Fußes Einzelfeuer schießen. Vielleicht konnte er den Feind durch seinen Mut überraschen und bis auf 30 Meter an die feindliche Stellung heranrücken. Dann würde er weiterkämpfen bis zum Tod. Gegen überlegenen Feind auf 30 Meter war Deutschießen aus der Hüfte das einzig probate Mittel im Feuerkampf: MP auf Feuerstoß stellen, rechte Hand umfasst den Griff, Zeigefinger am Abzug, linke Hand drückt die Rohrmündung mit gestrecktem Arm nach unten, Feuerstöße abgeben, solange man noch kann. Er würde unsterblich werden und als Held in die Geschichte eingehen. Und eines Tages würde man Niko erzählen, wie mutig und tapfer sein Vater gewesen war.

23. Horror

»Der Betriebsausflug« wäre ein guter Titel für einen Horrorfilm. Das klang richtig fies, deshalb hatten sich die Marketingleute auch einen anderen Namen ausgedacht: Company Day. Die ganze Bank fuhr nie zusammen weg. Nur Raimunds Abteilung, die Jungs vom Profitcenter bis zum n+2, waren alle sechs Monate gemeinsam unterwegs, 400 Trader in 100 Mietwagen, diesmal nach Sylt. Das ganze Hotel war reserviert, und die Stimmung musste gut sein – und war sie auch. Raimund war der blinde Passagier. Der DAX war noch weiter geklettert, und sein Big Short hatte sich in ein schwarzes Loch verwandelt: Er hatte 38.000.000 verzockt, von seiner Schatulle war nichts mehr übrig geblieben, im Gegenteil: 28.000.000 Miese. Patrick, der Neue, war ihm schon unterwegs im Auto furchtbar auf die Nerven gegangen mit seiner guten Laune. Dieser Gustav Gans hatte alle Wetten gegen ihn und die anderen gewonnen. Anfängerglück. Einen Teil der Wettschulden hatten sie schon bezahlt, aber die Wette lief noch weiter. Patrick machte übermütig Andeutungen von seinen Geschäften, ohne den anderen Einblick in seine Strategie zu geben. Warte nur, Bürschchen, irgendwann werden wir dir schon noch die Fresse polieren. Raimund konnte sich nach dem Abendessen mit einem kurzen Strandspaziergang schnell aus der Affäre ziehen. Während seine Kollegen noch ein Glas an der Hotelbar nahmen, verbrachte er eine schlaflose Nacht, der Laptop neben dem Bett zeigte die neuesten Zuckungen der Märkte in Fernost an. Der nächste Tag wurde unerträglich für Raimund, sein schwarzer Samstag. Außerbörslich schoss der DAX durch die Decke. Raimunds Verluste kletterten auf 40.000.000, und er musste bei einer Inselrallye Kindergeburtstag spielen und dumme Fragen beantworten. Am Abend gab es ein Festmenü und ein Unterhaltungsprogramm der Superlative. Fast 43.000.000 Miese. Sänger, die man nur aus dem Fernsehen kannte, unterbrachen ihren Urlaub für einen gut bezahlten Fünf-Minuten-Auftritt. Dazwischen gab es Sketche. Der n+5 ließ sich persönlich einfliegen und spielte sein eigenes Bewerbungsgespräch nach: »Was interessiert Sie besonders an der Finanzbranche?« – Seine Antwort: »Die Knete!« Die versammelten Trader bogen sich vor Lachen, nur Raimund nicht: Über 45.000.000

waren es inzwischen. Sollte Raimund den Big Short abblasen, den Verlust realisieren, die Positionen glattstellen? Vielleicht könnte er in der nächsten Woche ein bisschen was wieder reinholen. Raimund wusste nichts mehr. Sein Instinkt hatte ihn verlassen. Die Leichtigkeit war dahin, mit der er sonst Orders platzierte. Da stand nur diese gigantische rote Zahl: 45.280.775 €. Das würde ihn seinen Job kosten. Verluste muss man begrenzen. Das war eine Grundregel des Investments. Also sollte er vielleicht glattstellen. Nur nicht die Nerven verlieren. Das war eine andere Regel, die goldene Regel. Eigentlich war Raimund nach wie vor überzeugt, dass es mit der Hausse nicht ewig so weitergehen konnte. Also durfte er sich nicht beirren lassen. Wenn er jetzt den Verlust glattstellte und die Märkte morgen einbrechen würden, wäre er geliefert. Geliefert wäre er auch, wenn er die Positionen weiterlaufen ließe und die Märkte nicht einbrächen. Wenn die Position nur nicht so groß wäre ... Wahrscheinlich würde er lächelnd noch einen oben drauf setzen ... nach dem Motto: Wenn der DAX heute nicht einbricht, dann eben morgen. Raimund achtete nicht auf die Nummernrevue für Corporates, die die Themen Sex, Leistung, Boni abhandelten. Alle lachten über die Wahrheiten, die sonst niemand aussprach. Jeder kriegte was ab: die Chefs mit ihren Ticks, die Gier der Trader und die dumme Konkurrenz, die von uns immer wieder übers Ohr gehauen wird. Unsere Bank ist die beste Bank der Welt. Und wir, die treuen Angestellten, sind die besten Trader des Marktes. In dieser Sicherheit wurden alle gewogen. Raimund wusste, dass es eine falsche Sicherheit war.

24. Die Geldanlage

Als Vater gestorben war, war Sinzig für zwei Jahre reich gewesen. Er hatte ihm 50.000 Euro hinterlassen. Es waren zwei schöne Jahre. Sinzig hatte mit den Jungs vom Schachklub öfter einen draufgemacht: Saufen, Urlaub... und viel Geld hatte er im Nachtclub gelassen. Wenn er mit den Scheinen winkte, gehorchten die Mädels aufs Wort und machten alles, was er wollte. Einmal hatte er sogar eine Simultanvorstellung gegeben, gleich am Tresen: er alleine gegen ein Dutzend Mädels. Sie waren auf ihren Barhockern sitzen geblieben und hatten nur die Beine breit gemacht. Er hatte sie alle genommen, schön der Reihe nach. Er hatte sich nur mal eben seine Hosen runtergezogen, ganz lässig, war so eine spontane Idee gewesen. Die anderen haben ganz schön gestaunt, hätten gedacht, dass er schlappmacht. Aber da hatten sie ihn unterschätzt. Mami hatte sich immer so schön aufgeregt, wenn er ihr vom Puff erzählte. Aber da konnte sie sich auf den Kopf stellen, die 50.000 Euro hatte Papa ihm gegeben und nicht ihr, ätsch. Und deshalb konnte er damit anstellen, was er wollte. Einmal hatte sie sogar gedroht, ihm kein Pausenbrot mehr zu schmieren. Er hatte kühn geantwortet: »Ich brauche deine Pausenbrote nicht mehr.« Zum Glück hatte Mami ihre Drohung nie wahr gemacht, denn die 50.000 Euro waren schneller weg, als er gucken konnte. Und dann war er ja auch eine Weile arbeitslos gewesen, nachdem er seinen Job als Nachtwächter verloren hatte. Er hatte das Falkbeer-Gegengambit analysiert, anstatt die Überwachungsmonitore im Blick zu behalten. Deshalb war es gut, dass Mami ihm weiterhin regelmäßig Brote schmierte. Sonst wäre er ganz schön aufgeschmissen. Seit einem halben Jahr war er jetzt bei der Leiharbeitsfirma. Die hatten ihn bislang nur an eine Objektschutzfirma ausgeliehen. Sinzig fühlte sich wohl als Dauerleihgabe. Es wäre überhaupt nicht seine Sache, sich Woche für Woche auf ein anderes Objekt einzustellen. Sinzig war ein Gewohnheitstier, nicht nur bei seinem Pausenbrot. Er mochte Veränderungen nicht. Gut, früher hatte er ein paar Hundert Euro mehr verdient, als Nachtwächter war er direkt bei der Firma angestellt gewesen. Jetzt verdiente die Zeitarbeitsfirma mit. Er hatte keine Ahnung, wie viel von seinem Lohn sie sich in die Tasche steckten. Aber eigentlich war es ihm auch egal. Seit er seine Erbschaft auf den Kopf gehauen hatte, hatte Geld für ihn viel von seinem früheren Reiz verloren. Es war schon schön gewesen, eine Weile viel Geld zu haben. Aber auf die Dauer hatte ihn das auch nicht glücklich gemacht. Im Schach war er dadurch jedenfalls nicht besser geworden. Sinzig brauchte nicht viel. Bei Mami gab es immer genug zu essen. Das Einzige, was er sich regelmäßig kaufen musste, waren die amerikanischen Schachbücher. Um auf dem neuesten Stand zu sein. Aber so teuer waren die nicht.

25. Controlling

Da stimmte was nicht. Sedelmayr stierte nicht mehr hinüber zur Bäckerei, sondern patrouillierte auf und ab, dienstbeflissen. Das kam Manderscheid sehr verdächtig vor. Noch nie hatte Sedelmayr sich freiwillig auch nur einen halben Meter mehr bewegt als unbedingt nötig. Sicherlich heckte er was aus und wollte ihn in Sicherheit wiegen. Wenn Manderscheid einen Moment lang nicht schaute, würde Sedelmayr die Bäckerei stürmen und sich ein süßes Teilchen genehmigen, während der Arbeitszeit. Solches Verhalten wurde schnell zur Gewohnheit. Aus der Ausnahme wurde die neue Regel. Es ging nicht um eine Rosinenschnecke, sondern ums Prinzip. Außerdem stand auch Manderscheids Autorität als Vorgesetzter auf dem Spiel.

Schon zweimal hatte er Sedelmayr auf frischer Tat ertappt, ihn beim Essen während der Dienstzeit erwischt. Zuletzt hatte er angedroht, im Wiederholungsfall ein solches Fehlverhalten unverzüglich dem Vorgesetzten zu melden. Manderscheid wandte sich in solchen Dingen nur ungern an Vorgesetzte. Auch beim Heer hatte er Nachlässigkeiten immer von Mann zu Mann geklärt. Denn bei Lichte betrachtet war es ein Eingeständnis von Führungsschwäche, in Disziplinarangelegenheiten die Unterstützung von Vorgesetzten in Anspruch nehmen zu müssen.

Aber nach allem, was schon geschehen war, gab es kein Zurück mehr. Manderscheid hatte auf verschiedene Arten versucht, Sedelmayr beizukommen: Beim ersten Mal hatte er noch einen verständnisvollen Ton angeschlagen und auf die Einsicht seines Untergebenen gebaut. Durch eine humorvolle schauspielerische Darbietung hatte er Sedelmayr die wenig zielführende Außenwirkung eines kauenden Wachmannes plastisch vor Augen geführt. Dann hatte Manderscheid sich zwanzig Minuten lang Zeit genommen, um Sedelmayr zu überzeugen, dass Essen während der Dienstzeit nicht geduldet werden konnte. Schon wenige Tage später war klar geworden, dass alles vergebene Liebesmüh gewesen war: In unverschämter Weise hatte Sedelmayr ihn angegrinst und kauend seine Bratwurst hinter dem Rücken versteckt. Natürlich hatte Manderscheid dieses respektlose Verhalten streng gerügt, mit großer Klarheit eine andere Dienstauffassung angemahnt – und eben angedroht, das nächste

Mal das Fehlverhalten zu melden. Beim Heer hätte er eine empfindliche Disziplinarbuße oder eine Ausgangsbeschränkung verhängen können. Aber sie waren nicht beim Heer, sondern beim Objektschutz. Sedelmayr hatte gesagt, er sei zu streng, und ihn »Preuße« genannt. Er hatte recht. Manderscheid war ein Preuße. Er hatte noch nie fünfe gerade sein lassen. Beim Militär war es gut, ein Preuße zu sein. Aber galt dies auch im zivilen Leben? Es war letztendlich wie so vieles eine Frage der Verhältnismäßigkeit. Die Disziplin musste in einem sinnvollen Verhältnis zur Aufgabe stehen, die es zu erfüllen galt. Und sie waren nicht in Afghanistan, sondern in Frankfurt am Main. Aber es half alles nichts, Manderscheid hatte sich selber in Zugzwang gebracht. Er durfte sich unter keinen Umständen von einer solch platten List hinters Licht führen lassen. Er würde Sedelmayr auf frischer Tat stellen. Manderscheid würde das Gebäude heimlich umrunden und die Bäckerei aus dem Hinterhalt beobachten. Wenn Sedelmayr tatsächlich hineeinginge, säße er in der Falle.

26. In Demut und Bescheidenheit

Alles war verloren, der Job futsch und er selbst geliefert: Sein Big Short war inzwischen 49.324.007 in die Miesen gedreht. Es war nur eine Frage der Zeit, bis der Automat das auch kapierte. Noch gab es diese fiktive Gegenposition, sodass im System alles null auf null rauslief. Aber irgendwann würde dieses Scheingeschäft gelöscht, und dann würde der n+2 ihn auf seine roten Zahlen ansprechen. Nur ein Wunder konnte ihn noch retten. Heilige Maria, Mutter Gottes, voll der Gnade. Du bist gebenedeit unter den Frauen, und gebenedeit ist die Frucht deines Leibes, Jesus … Was bedeutet eigentlich »gebenedeit«? Alle Welt regt sich über den Finanzjargon auf. Die Kirche ist auch nicht besser. Seit er seinen Big Short platziert hatte, war der DAX um sagenhafte 500 Punkte durch die Decke gegangen. Patrick kriegte sich schon gar nicht mehr ein vor Übermut, jubelte lauthals, nur weil er mal wieder 250.000 gewonnen hatte. Wenn der Frischling wüsste, dass Raimund nebenan gerade zweihundertmal so viel verlor, würde er nicht so dämlich die Arme in die Höhe reißen. Jetzt war es 9.07 Uhr. Knapp drei Stunden waren vergangen seit dem Magic Roundabout. Raimund hatte über Nacht seine Stellung am Front Desk gehalten und sich um 6.00 Uhr ein Taxi bestellt, um nach Hause zu fahren. Der Taxifahrer wartete, bis Raimund sich geduscht und frische Kleider angezogen hatte, und brachte ihn anschließend wieder zurück zur Bank. Früher war dieser Kreisverkehr häufiger vorgekommen, in letzter Zeit hatte Raimund ihn meistens vermeiden können. Aber geholfen hatte es nichts. Natürlich hatte er über Nacht ein bisschen was angeschafft, 100.000, 200.000. Aber im gleichen Zeitraum ist sein Big Short noch mal 1.344.322 weiter unter null getaucht. Um die neuen Verluste wirklich einzudämmen, hätte er größere Positionen eingehen müssen. Aber das ging nicht, Raimund war wie gelähmt. Er hatte verloren. Alles hatte er verloren. – Lieber Gott, ich weiß, ich habe vieles falsch gemacht. Ich bin gierig gewesen und dumm, und ich hätte besser nachdenken sollen, was ich tue. Aber trotzdem bete ich zu dir, weil du alle Menschen liebst. Mach, dass der DAX abstürzt. Um 1.000 Punkte. Nein, darum kann ich dich nicht bitten, das wäre unmoralisch. Mach, dass der DAX die 500 Punkte wieder verliert, die er seit meinem Big Short zugelegt hat. Lieber Gott, du bist allmächtig. Für dich ist das kein Problem, den DAX einmal kurz in den Keller zu schicken. Du kannst ihn auch sofort wieder steigen lassen. Er muss nur ganz kurz 500 Punkte einbüßen, damit ich meine Position glattstellen kann. Lieber Gott, ich habe schwere Schuld auf mich geladen. 49.876.343 Euro und 78 Cent. Und so stehe ich nun vor dir als armes, nichtsnutziges Menschlein. Du hast gesagt, wer ohne Sünde ist, der werfe den ersten Stein. Bitte lass nicht zu, dass ich zusammenbreche unter dieser schweren Last, die ich selbst meinen Schultern auferlegt habe. Ich flehe dich an ... Gib mir noch eine Chance in deiner unfassbar großen Milde und Güte. Wenn du den DAX nur um 500 Pünktlein abschmieren lässt, so werde ich mein Leben ändern. Das gelobe ich hiermit feierlich. Ich werde nie mehr gierig sein. Ich werde meine Limits nicht mehr übertreten ... Na ja, ich werde meine Limits nur noch um zehn Prozent übertreten, wie die anderen auch. Ich werde alle Risiken lehrbuchmäßig hedgen. Ich werde meiner Mutter immer zum Muttertag gratulieren und 50 Euro spenden. Nein, ich werde 500 Euro spenden, wenn du den DAX um 500 erleichterst. Ich werde einen Euro spenden, aus meiner eigenen Tasche, für jeden Punkt, den

der DAX heute oder im Laufe dieser Woche abgeben wird. Das ist ein guter Deal! Oh, lieber Gott,
bestimmt bemerkst du, wie tief verdorben ich bin
in meiner Seele. Ich habe tatsächlich geglaubt, dich
bestechen zu können. Ich, ich verspreche dir, wenn
du mir wirklich noch eine Chance gibst, dann werde
ich mein Leben ändern. Ich werde alles anders
machen, auch wenn ich grade noch nicht weiß, wie
ich das anstellen soll. Ich werde die Bescheidenheit
in Person sein. Und ich werde meinen Nächsten lie-
ben wie mich selbst und jeden Sonntagmorgen in
die heilige Messe gehen.

Bitte mach, dass der DAX 500 Punkte verliert...

Bitte mach, dass der DAX 500 Punkte verliert...

Bitte mach, dass der DAX 500 Punkte verliert...

27. Die Kühlerfigur

Heute wäre es für Sedelmayr nicht mehr so einfach, einen neuen Job zu finden. Aber war das tatsächlich ein Grund, den ganzen Tag strammzustehen? Wem schadete er, wenn er zur Bäckerei ging und sich eine Rosinenschnecke holte? Die Antwort lautete: Er schadete niemandem. Er verletzte nur eine Vorschrift. Sein Chef nahm die Bestimmungen einfach zu wichtig. Manchmal wurden Bestimmungen auf die Goldwaage gelegt, wie bei der Kassiererin, die ihren Job wegen eines Pfandbons verloren hatte. Und manche Manager konnten ein ganzes Unternehmen vor die Wand fahren und kassierten dafür noch eine millionenschwere Abfindung. Warum zog man diese Manager nicht zur Rechenschaft? Gab es da keine Bestimmungen? Die Bestimmungen sichern den Mächtigen ihre Privilegien. Und die kleinen Leute wurden in der Spur gehalten. Genau wie bei Hans-Peter, den er mal auf einem Bikertreffen kennengelernt hatte. Hans-Peter war ein Original, ein Schlachter, der sich bei der Arbeit seinen kleinen Finger abgeschnitten hatte. Damals konnte man Finger nicht einfach wieder annähen, die Medizin war noch nicht so weit wie heute. Also hatte er seinen kleinen Finger in Kunstharz eingegossen und als Kühlerfigur vorne auf seine Maschine geschraubt. Bei den Bikertreffen war Hans-Peter immer die große Attraktion gewesen. Alle waren im Laufe des Wochenendes zu seiner Maschine gepilgert und hatten sich seinen kleinen Finger angesehen, der wie ein Mahnmal über dem Vorderreifen thronte. Es hatte immer schneller gehen müssen im Schlachthof. Hans-Peter arbeitete im Akkord. Und irgendwann hatte er einen Moment nicht aufgepasst, nur einen kurzen Moment, und der kleine Finger war ab. An Hans-Peter ist der Unfall nicht spurlos vorübergegangen. Obwohl er so offen damit umging und seinen kleinen Finger als Kühlerfigur spazieren fuhr. Nachts am Feuer hatte er Sedelmayr erzählt, dass er nicht mehr als Fleischer arbeitete, nicht mehr als Fleischer arbeiten konnte, weil er seit dem Unfall riesige Angst vor den Schlachtmaschinen hatte. Dabei war Hans-Peter immer gerne Schlachter gewesen. Er habe das noch niemandem gesagt. Sedelmayr sei der Erste, dem er die Wahrheit erzählt habe. Sedelmayr hatte Hans-Peter nur schweigend auf die Schulter geklopft, und dann hatten sie noch ein paar Bier zusammen getrunken. Damals war Sedelmayr noch mit seiner dicken Bertha herumgefahren. Er würde sich einfach trotzdem eine Rosinenschnecke kaufen.

28. Granatsplitter

Die MP trug Manderscheid bequem über der rechten Schulter, die Mündung zeigte schräg vorwärts auf den Boden. Sie war teilgeladen und gesichert. Er ging aufrecht zu seinem Wachposten östlich der Bäckerei. Im Krieg verboten Lage und Gelände oftmals diese natürliche, schnelle und kräftesparende Bewegungsart. Aber zum Glück hatte Manderscheid den Krieg hinter sich, in Deutschland war Frieden. In seiner Dienstzeit hatten Straßen- und Häuserkampf nie eine Rolle gespielt. Sein Terrain waren die Kaserne und das Gelände. Die Zivilpersonen starrten seine Waffe an, als ob sie noch nie eine MP gesehen hätten. Es war nicht normal, mit einer MP durch die Straße zu laufen. Normal, was war heute noch normal? War wirklich Frieden in Deutschland? Die Bundeswehr führte Krieg. Wenn die Römische Republik Krieg führte, standen die Tore des Janustempels offen. Heutzutage wurde nicht darüber gesprochen, wenn man Krieg führte. Manderscheid hatte einfach Pech gehabt, dass er in einen Krieg geraten war, der offiziell keiner sein durfte. Damit niemand etwas davon mitkriegte. Die Finanzkrise hatte man als Bürger auch nicht bemerkt. Das wurde irgendwie geregelt, irgendwie hatten sie das in den Griff bekommen. Die öffentliche Sicherheit und Ordnung gerieten jedenfalls nicht ins Wanken. Alles konnte weitergehen wie bisher. Das war das Wichtigste. Die Normalität wurde um jeden Preis aufrechterhalten. Das war normal. Auch auf Kosten der Wahrheit und Gerechtigkeit. Gerechtigkeit hatte es wahrscheinlich ohnehin noch nie gegeben. Da waren die Römer auch nicht besser gewesen mit ihrer Sklaverei und ihren Spielen im Circus Maximus. Das muss man sich mal vorstellen: Da sahen Tausende Menschen dabei zu, wie irgendwelche Gefangenen oder Christen von Löwen gefressen wurden. Und das war ganz normal. – Genug philosophiert. Manderscheid nahm sich vor, sich diese Grübelei abzugewöhnen. Sie führte zu nichts. Er konnte die Welt nicht retten. Was er tun konnte, war, für die Sicherheit des Turms zu sorgen. Außerdem sollten wenigstens in seinem Verantwortungsbereich die Bestimmungen eingehalten werden. Es konnte nicht angehen, dass Sedelmayr während der Dienstzeit, anstatt seine Gebäudeflanke ordnungsgemäß zu bewachen, Rosinenschnecken fraß. Wenn Manderscheid das durchgehen ließ, konnte er morgen zu Hause bleiben.

Er linste um die Ecke, ein Periskop wäre jetzt nützlich gewesen. Der Zugang zur Bäckerei lag nunmehr in seinem Sichtfeld und konnte bequem ausgespäht werden. Hinter der Glasscheibe erkannte er die ausliegenden Backwaren: Die hatten sogar selbst gemachte Mohrenköpfe, wie damals die Bäckerei neben seiner Grundschule. Mohrenkopf durfte man nicht mehr sagen, Negerkuss auch nicht. Im Angebot war die Bürgermeisterschnitte mit Mandeln und Rosinen. Natürlich gab es auch Granatsplitter. Wer war bloß auf diesen Namen gekommen? Manderscheid fand es einfach nur geschmacklos. Weil er wusste, wie lebensbedrohlich Granatsplitter sein konnten. Wenn es nach Manderscheid ginge, sollte eher das Wort »Granatsplitter« verboten werden als das Wort »Negerkuss«. Für einen gewöhnlichen Zivilisten war »Granatsplitter« einfach nur ein Wort wie jedes andere. Wer weiß, wenn er Bürgermeister gewesen wäre, hätte er sich wahrscheinlich an der Bürgermeisterschnitte gestört. Jeder kannte sich nur in seinem Bereich aus. Glücklich konnten sich alle schätzen, die sich ein süßes Teilchen in der Bäckerei aussuchten, einfach so, ohne irgendwelche unnützen Gedanken. Das letzte Mal hatte Sedelmayr ihn einfach blöde angegrinst und weitergegessen. Aber diesmal würde er nicht einfach so davonkommen. Wenn Manderscheid ihn erwischte, dann gab es kein Pardon.

29. Costa Concordia

Um 10.32 Uhr hatte Gott Raimunds Gebet erhört: Schlechte Zahlen aus Übersee erschütterten die Märkte, es folgten drastische, in diesem Ausmaß keinesfalls beabsichtigte Kurskorrekturen. Eine Panik ging um in Europa, sodass alles etwas außer Kontrolle geriet und der DAX im Laufe der kommenden Tage satte 700 Punkte einbüßte statt der geplanten 500. Raimund war erlöst. Abends im Drifter's Club standen die Jungs vom Front Desk schon wieder beieinander. Der Markt hatte sich mit seiner unsichtbaren Hand als einarmiger Bandit entpuppt. Patrick, der Rookie, war ganz geknickt. Er hatte alles verloren, was er vorher gewonnen hatte, auch die Wette mit seinen Trader-Kollegen. Das war auch der Anlass ihres Treffens, ihn erwarteten 25 doppelte Ohrfeigen, von jedem Kollegen fünf, jeweils eine rechts und eine links. Das war die gerechte Strafe für Patricks Versagen. Die anderen munterten ihn auf, am Anfang sei es ihnen genauso gegangen. Die Ohrfeigen seien eine Art Feuertaufe. »Keine Sorge, wir hauen nicht fest zu!« – »Erst wenn du mal was wie das hier eingefangen hast, gehörst du richtig dazu.« »Du musst sagen, wer am festesten zuschlagen kann.« Die anderen Jungs hätten Patrick am liebsten gleich im Handelsraum seine Abreibung verpasst, aber Raimund hatte sie gerade noch abhalten können. Solch eine große Wettschuld war schließlich etwas Besonderes, und abends im Drifter's könnten sie das besser zelebrieren. Es wäre nicht richtig gewesen, Patrick im Handelsraum zu schlagen. Raimund stand noch immer unter dem Einfluss des Wunders, das ihm zuteilgeworden war. Dass es ein Wunder war, stand für ihn fest. Der DAX war nach seinem Stoßgebet tatsächlich abgekackt. Gott hatte ihm, dem Bankrotteur, ein neues Leben geschenkt. Und Raimund hatte sogar noch einen Coup verbucht, Gott sei Dank! Seine geheime Schatulle war wieder randvoll, plus 12.454.303 beim Big Short. Er hatte für seine Bank also insgesamt 22.743.876,56 angeschafft. Ein Glück, dass er doch nicht sofort verkauft hatte, als der DAX um 500 gefallen war. Er hatte noch bis 680 gewartet und erst dann die Gewinne mitgenommen. War das gierig? Ein bisschen gierig vielleicht schon. Er hätte noch länger warten können und vielleicht auch warten sollen. Es war nicht unwahrscheinlich, dass der Bärenmarkt gerade erst angefangen hatte. Raimund hatte die Position aufgelöst, die ihn fast ruiniert hatte. Das war sehr vernünftig gewesen und ganz bestimmt nicht gierig. Er war noch immer Trader, nach wie vor. Seine Aufgabe war es, Gewinne zu generieren. Wenn er von nun an immer ein schlechtes Gewissen hätte, wenn er Gewinne machte, könnte er sich gleich einen neuen Job suchen. Raimund hatte aus dem Big Short gelernt, nämlich dass man niemals Positionen eingehen durfte, die einen an den Rand des Ruins bringen konnten. Raimund würde auch künftig Risiken eingehen, eingehen müssen; aber es würden nur noch kalkulierte Risiken sein, lehrbuchmäßiges Risikomanagement. Nie mehr würde er größenwahnsinnig sein und denken, er sei schlauer als die Märkte. Mit seinem kleinen Portfolio war er nicht mal eine hohle Nussschale im Ozean der weltweiten Handelsströme. Man konnte jederzeit untergehen, und keine Position, keine Analyse, keine Prognose, nichts war sicher und beständig. Eigentlich waren alle Trader schiffbrüchige Luxuspassagiere, die nichts ahnend auf der Costa Concordia ihrem Untergang entgegenfuhren. Sie mussten zusammenhalten, er und die anderen Trader, sie waren allein, niemand verstand sie, niemand interessierte sich für sie, nur die Zahlen interessierten, vom $n+1$

bis hinauf in den Vorstand. Wie es zu diesen Zahlen kam, welchen Wechselbädern sie ausgesetzt waren, dass sie den Märkten ihre Seele verpfändeten, das war einfach normal. Patrick tat ihm leid. Er guckte ganz traurig. Er hatte zwar nur 800.000 und ein paar Zerquetschte verloren, aber für ihn war eine Welt zerbrochen. Sie durften ihn jetzt nicht schlagen, sie mussten ihn aufmuntern. Raimund würde die anderen überreden, stattdessen zusammen ins Puff zu gehen, etwas Liebe zu kaufen, damit Patrick wieder auf andere Gedanken kam. Raimund konnte wirklich zufrieden sein. Es war gerade noch mal gut gegangen und, das war klar, er hatte seine Lektion gelernt. Das war das Wichtigste. Ob er jetzt etwas spendete oder nicht, war eigentlich auch egal. Davon wurde die Welt nicht besser.

30. Mohn

»Aber ich habe doch nur einmal abgebissen!« – Um sich die Finger nicht schmutzig zu machen, hielt Sedelmayr die angebissene Rosinenschnecke mit der Papiertüte fest. Er hatte sich gerade zur Tür gewandt, da stand Manderscheid mit verschränkten Armen vor ihm. Oh nein. Es musste ja so kommen. Der General hatte ihn geschnappt, in flagranti mit Rosinenschnecke. Er kannte seinen Chef. Der Typ hatte ein Rad ab. Aber eigentlich war er selber eine ganz, ganz arme Sau. Jaja, Sedelmayr wusste, dass man während der Dienstzeit nicht essen durfte. Und er erinnerte sich gut an die letzte Unterredung. Natürlich, auch die fatale Außenwirkung eines kauenden Wachmannes war ihm bewusst. Nein, sein Verhalten war absolut nicht zu rechtfertigen. Das war untragbar für die Firma. Richtig, es war schon das dritte Mal. Und zuerst hatte Manderscheid tatsächlich versucht, es ihm im Guten beizubringen. Ob Sedelmayr etwas dazu zu sagen hätte? »Na ja, um ehrlich zu sein: Ich hatte einfach noch Lust auf was

Süßes.« Das hätte er nicht sagen sollen. Dem General platzte der Kragen. »Wo kommen wir denn hin, wenn jeder nur macht, worauf er gerade Lust hat! Sie sind doch kein kleiner Junge mehr, Sedelmayr. Sie sind doch ein gestandener Mann.« Er, Manderscheid, habe auch keine Lust gehabt, in Afghanistan in den Krieg zu ziehen. Aber danach habe nie jemand gefragt. Lust sei hier keine relevante Kategorie. Das sei keine Frage der Lust, sondern eine Frage der Pflicht. Schließlich trage Sedelmayr als Wachmann eine große Verantwortung. Die Sicherheit des Gebäudes liege in seinen Händen. Lust auf was Süßes … Sicherheit war kein Zuckerschlecken, Objektschutz kein Kinderspiel, nichts, was man nebenbei machen konnte. Unerlässlich waren Disziplin, Sorgfalt, Umsicht, Mut und Verlässlichkeit. Manderscheid hatte kein, überhaupt kein Verständnis dafür, dass Sedelmayr sich so gehen ließ. Ob Sedelmayr noch etwas dazu zu sagen hätte? Nein, Sedelmayr hatte nichts mehr zu sagen. Hätte er sagen sollen, dass Manderscheid alles viel zu ernst nahm? Dass er auch mal fünfe grade sein lassen sollte? Dass er nicht mehr im Krieg war? Nein, es war zwecklos. Er musste einfach abwarten. Und es gab eigentlich auch keinen Grund, auf den General sauer zu sein. Der hatte sich fair verhalten. Wenn Sedelmayr während des Dienstes aß, würde Manderscheid der Firma Bescheid geben. Das hatte er angekündigt. Und jetzt tat er es auch. Sedelmayr war selber schuld. Den Job konnte er abhaken. Er würde stempeln gehen. Dann konnte er nicht mehr so viele Bratwürste an der Bude essen, wie er wollte. Und es gab auch keine frischen Rosinenschnecken mehr jeden Tag. Ob er überhaupt wieder einen Job finden würde mit Mitte fünfzig? Er hatte nichts gelernt. Das hätte doch nicht sein müssen, nur wegen einer Rosinenschnecke. Warum hatte er sich nicht beherrschen können? Vielleicht bekäme er ja doch noch eine Chance. Er hatte den Job als Wachmann eigentlich ganz gerne gemacht. Er würde jetzt guten Willen zeigen. Vielleicht half das. Sedelmayr ließ die angebissene Rosinenschnecke zurück in die Tüte rutschen und warf den Beutel vor den Augen Manderscheids in den Mülleimer. Das war bitter! Aber der General rief dennoch bei der Firma an. Manderscheid setzte an und fasste die Lage zusammen. Der Chef erfuhr, wo und wann Sedelmayr seine Rosinenschnecke gegessen hatte und dass dies bereits zum dritten Mal geschehen war, allen Ermahnungen und Verwarnungen zum Trotz. Zuerst konnte der Chef sein Lachen unterdrücken. Aber als Manderscheid die Dienstauffassung und den Ungehorsam seines Wachmannes beklagte, die daraus resultierende Gefährdung der Bank feststellte und weitere Anweisungen erbat, konnte der Chef sich nicht mehr halten: »Wissen Sie was, Manderscheid, holen Sie sich auch eine Rosinenschnecke. Oder noch besser, eine mit Mohn, als Nervennahrung. Das ist ein Befehl!« Der Fähnrich der Reserve hatte aufgelegt. Sedelmayr schaute Manderscheid fragend an. Der verstand die Welt nicht mehr, bewahrte die Fassung und sagte knapp: »Wir sind übereingekommen, es bei einer allerletzten Verwarnung zu belassen.« Sedelmayr strahlte erleichtert: »Jawohl, Herr Manderscheid.«

31. Peanuts

In diesem Moment betrat Raimund die Bäckerei. Er bestellte ein Erdnuss-Muffin und einen großen Kaffee für 4,80. Dann durchwühlte er seine Hosentaschen: »Shit! Ich hab gar kein Geld dabei. Hey, Sie von der Wachmannschaft, könnten Sie mir vielleicht mit ein paar Euro aushelfen?«

Selbstverständlich zogen Manderscheid und Sedelmayr ihre Geldbeutel hervor. Der eine hatte zwei Euro in kleinen Münzen, der andere einen Euro achtzig. Manderscheid wusste, was sich gehörte: »Warten Sie, ich funke unseren dritten Mann an. Wir kriegen das zusammen, das wäre doch gelacht!«

Schließlich arbeitete die junge Führungskraft im Turm, den er beschützte. Also griff Manderscheid zum Funkgerät: »Manderscheid an Sinzig. Manderscheid an Sinzig. Bitte kommen. Bitte kommen.«

»Ja, hier Sinzig. Over.«

»Wir haben einen Notfall. Standort Bäckerei. Over.«

»Jawohl, ich komme. Over.«

Die Bäckereifachverkäuferin stellte den Kaffee-becher auf den Tresen, legte den Erdnuss-Muffin daneben auf eine Serviette und sagte freundlich: »Fangen Sie doch ruhig schon mal an. Sie werden mir schon nicht weglaufen.«

»Genau, lassen Sie es sich ruhig schmecken. Sonst wird der Kaffee kalt«, sekundierte Manderscheid.

»Und Ihr dritter Mann, hat der ganz sicher einen Euro dabei? Ich hatte heute schon einmal eine sehr, sehr brenzlige Situation.«

Wie in seinen besten Zeiten verströmte Mander-scheid Sicherheit und Zuversicht: »Wir haben die Lage im Griff.«

Zwei Minuten standen die drei Männer beieinander und waren nicht durch Dutzende Stockwerke vonei-nander getrennt. Raimund griff zunächst nach dem Kaffeebecher und nahm einen großen Schluck.

Manderscheid blickte kurz zurück: »Ich habe in Afghanistan auch viele brenzlige Situationen ge-meistert. Meine beiden liebsten Kameraden sind dort geblieben. Ein Hinterhalt.«

Raimund griff sich den Erdnuss-Muffin und biss herzhaft ab: »Ich verlasse mich ganz auf Sie beide und Ihren dritten Mann.«

Sedelmayr hatte die ganze Zeit das Gebäckstück

des Banksters fixiert. Vielleicht sollte er auch einmal einen Erdnuss-Muffin probieren? Er verfluchte sich dafür, dass er seine eigene angebissene Rosinenschnecke in vorauseilendem Gehorsam demonstrativ entsorgt hatte. Vielleicht konnte er seine Schnecke wieder aus dem Mülleimer fischen? Immerhin wurde sie von einer Tüte geschützt. Aber wie sähe das denn aus, wenn er jetzt vor aller Augen in der Mülltonne wühlte?

»Was für eine brenzlige Situation haben Sie denn heute schon gemeistert?«, wollte Manderscheid wissen.

Raimund winkte kauend ab. Sedelmayr musste sich sehr dazu zwingen, ihn nicht gierig anzustarren. Niemand sollte ihm seinen Futterneid anmerken. Keiner sagte mehr ein Wort. Raimund schmatzte und schlürfte, die Sicherheitsleute schwiegen und warteten.

Raimund hatte sich gerade den letzten Rest seines Muffins in den Mund geschoben und den Pappbecher ausgetrunken, als Sinzig im Eilschritt und völlig außer Atem durch die Glastür in die Bäckerei trat. Seine Züge waren angespannt.

Manderscheid empfing ihn mit den Worten: »Haben Sie mal einen Euro?« Noch während Sin-

zig in seinem Kleingeldfach wühlte, verabschie-
dete sich Raimund, indem er lässig mit der falschen
Hand salutierte: »Danke schön, Kameraden, ihr
habt einen gut bei mir.«

Sedelmayr nutzte den unbeobachteten Moment,
um mit einem entschlossenen Griff den Papierbeu-
tel mit seiner vorschnell weggeworfenen Rosinenschnecke wieder aus dem Mülleimer zu holen.

Als die drei Sicherheitsmänner nach dem Be-
zahlen Seite an Seite die Bäckerei verließen, hielt
Sedelmayr Manderscheid die Tüte hin und fragte
pflichtschuldig: »Chef, darf ich? Ausnahmsweise?«
Manderscheid seufzte und nickte.

Die drei näherten sich wieder dem Turm. Bevor
sie zurück auf ihre Posten gingen, fragte Manderscheid: »Darf ich bitte auch mal abbeißen?«

Sedelmayr strahlte: »Natürlich.«

Und Sinzig wunderte sich.

Darius H. Hamudi
Beinahe Liebe
Erzählungen

Wie viele Geschichten wurden schon über die
romantische Liebe geschrieben?

»Beinahe Liebe« widmet sich nicht dem Honeymoon,
sondern erzählt von ihrem Holpern und Stolpern.

Die einzelnen Erzählungen fügen sich zu einem Mosaik
zusammen und spiegeln das Bild einer zersplitternden
Zeit, in der die Menschen nur noch zueinanderfinden,
wenn sie über ihren eigenen Schatten springen.

Liebe? Beinahe.

Zylinderkopf-Dichtung –
Menagerie der kleinen Literatur

Die Zylinderkopf-Dichtung ist ein literarisches Non-Profit-Projekt, eine Smartphone-App mit Gedichten, Geschichten und kleinen Hörstücken.

Die Zylinderkopf-Dichtung kann kostenfrei in den großen App-Stores heruntergeladen werden. Die Hörstücke gibt es auch als separaten Podcast.

Wer Freude an schönen und ausgewählten literarischen Miniaturen hat oder vielleicht sogar ein kleines Manuskript in der Schublade versteckt hält, ist herzlich eingeladen in die Menagerie der kleinen Literatur.